Five Nights at Freddy's
PAVORES DE FAZBEAR 3

HORA DE ACORDAR

**SCOTT CAWTHON
ELLEY COOPER
ANDREA WAGGENER**

Tradução de Jana Bianchi

Copyright © 2020 by Scott Cawthon. Todos os direitos reservados.
Publicado mediante acordo com Scholastic Inc., 557, Broadway, Nova York, NY,
10012, EUA.

TÍTULO ORIGINAL
1:35 AM

PREPARAÇÃO
Angélica Andrade

REVISÃO
Ana Sara Holandino
Bettina Winkler
Diego Franco Gonçales

DIAGRAMAÇÃO
Julio Moreira | Equatorium Design

DESIGN DE CAPA
Betsy Peterschmidt

ARTE DE CAPA
LadyFiszi

ADAPTAÇÃO DE CAPA
Lázaro Mendes

VINHETA ESTÁTICA DE TV
© Klikk / Dreamstime

CIP-BRASIL. CATALOGAÇÃO NA PUBLICAÇÃO
SINDICATO NACIONAL DOS EDITORES DE LIVROS, RJ

C376h

    Cawthon, Scott, 1978
      Hora de acordar / Scott Cawthon, Elley Cooper, Andrea Waggener ; tradução Jana Bianchi. - 1. ed. - Rio de Janeiro : Intrínseca, 2024.
      256 p. ; 21 cm. (Five nights at Freddy's : pavores de fazbear ; 3)

      Tradução de: 1:35 AM
      Sequência de: Caçador
      Continua com: Chegue mais perto
      ISBN 978-85-510-1039-6

      1. Contos americanos. I. Cooper, Elley. II. Waggener, Andrea. III. Bianchi, Jana. IV. Título. V. Série.

24-89228   CDD: 813
                          CDU: 82-34(73)

Meri Gleice Rodrigues de Souza - Bibliotecária - CRB-7/6439

[2024]
Todos os direitos desta edição reservados à
Editora Intrínseca Ltda.
Av. das Américas, 500, bloco 12, sala 303
22640-904 – Barra da Tijuca
Rio de Janeiro – RJ
Tel./Fax: (21) 3206-7400
www.intrinseca.com.br

SUMÁRIO

01:35 7
Espaço para mais uma . . . 91
O garoto novo 145

01:35

"**Ah¬ iuhu¬ trim¬ trim¬ trim**"¬ cantava uma voz alta e estridente.

O som idiota se infiltrou no agradável sonho de Delilah e a arrancou com tudo do abençoado refúgio onírico.

— Mas que m…? — murmurou a mulher, sentando-se em meio às mantas de flanela e semicerrando os olhos diante da luz do sol que entrava pelas frestas da persiana.

"Você me anima um tantão assim", continuava a cantoria.

Delilah jogou o travesseiro na parede fina que separava o apartamento dela do da vizinha. Com um ruído satisfatório, acertou um pôster emoldurado que mostrava uma paisagem praiana serena. Delilah encarou a imagem, desejando estar ali, desejando que aquela fosse sua visão quando levantasse a persiana.

No entanto, ao abrir a janela, encontrava apenas caçambas de lixo e os fundos do restaurante vinte e quatro horas no qual trabalhava. Delilah tampouco tinha serenidade — não, ela tinha era uma vizinha irritante, Mary, que continuava a cantar a plenos pulmões:

"Valeu, valeuzão por começar meu dia."

— Quem canta para o despertador? — disparou Delilah, resmungando e esfregando os olhos.

Ter uma vizinha que adorava cantar já era ruim, mas era mil vezes pior que a vizinha que adorava cantar ainda por cima inventava as próprias musiquinhas bestas e toda manhã berrava uma sobre o despertador. Despertadores já não eram horríveis o bastante?

Por falar nisso... Delilah olhou para o relógio.

— Como assim?

Ela saltou da cama, afobada.

A mulher pegou o reloginho digital a pilha e encarou o mostrador, que informava que eram 6h25.

— Que coisa inútil! — exclamou Delilah, jogando o objeto na manta azul.

Ela tinha um ódio doentio de despertadores. Era um vestígio dos dez meses que havia passado no último lar provisório, quase cinco anos antes, mas a vida real exigia o uso daquela ferramenta, algo com que Delilah ainda estava aprendendo a lidar. Naquele momento, no entanto, ela descobriu algo que odiava mais do que despertadores: *despertadores que não funcionavam*.

Seu celular tocou. Quando ela atendeu, nem esperou a pessoa do outro lado dizer alguma coisa. Erguendo a voz acima do tilintar de pratos e talheres e do burburinho de conversas, informou:

— Eu sei, Nate. Perdi a hora. Chego aí em meia hora.

— Já pedi para a Rianne cobrir seu turno. Você fica com o dela, que começa às duas.

Delilah suspirou. Odiava o turno da tarde. Era o mais movimentado.

Na verdade, odiava turnos, ponto-final.

Delilah era gerente de turno do restaurante, e esperavam que ela trabalhasse no horário que melhor atendesse à escala geral. Então seus "dias" variavam entre períodos que iam das seis às duas, das duas às dez ou das dez às seis. O relógio biológico da jovem estava tão bagunçado que ela dormia enquanto estava acordada e ficava acordada enquanto dormia. Vivia num estado de exaustão eterna. Sua mente estava sempre meio atordoada, como se a cabeça estivesse permanentemente em meio à neblina. A bruma não prejudicava apenas sua capacidade de pensar com clareza, mas também dificultava a interface entre o cérebro e os sentidos. A impressão dela era que sua visão, sua audição e seu paladar não funcionavam como deveriam.

— Delilah? Posso contar com você aqui às duas? — gritou Nate.

— Pode. Pode, sim. Vou estar aí.

O chefe resmungou mais alguma coisa e desligou.

— Também te amo — disse Delilah para o telefone, deixando-o de lado.

Ela olhou para sua cama de casal. O colchão grosso e o travesseiro especial de espuma viscoelástica a encaravam como um amante preguiçoso a convidando a voltar para a cama. Delilah queria muito ceder. Amava dormir. Amava simplesmente ficar deitada na cama. Ali se sentia numa espécie de casulo, uma versão adulta das cabaninhas que construía com cobertores quando era pequena. Ela passaria o dia todo na cama, se pudesse. Queria mais que tudo um emprego que lhe permitisse trabalhar de casa, de pijama. Não seria um bom negócio para o chefe, já que Delilah acabaria enrolando e dormindo o tempo todo, mas sem dúvida seria uma melhora e tanto para a saúde dela. Se trabalhasse por conta própria, poderia definir os próprios turnos.

No entanto, em sua busca por um trabalho naquele modelo, Delilah tinha se deparado apenas com um monte de propagandas enganosas, do tipo "trabalhe em casa e ganhe muito dinheiro". O restaurante tinha sido o único lugar que aceitara contratá-la depois do divórcio com Richard, só porque ela tinha sido fichada quando menor de idade e abandonado a escola no ensino médio por motivos que nem lembrava mais. A vida era uma merda.

Delilah encarou o despertador inútil. Não. Não podia correr o risco de se atrasar mais uma vez. Precisava continuar acordada.

Mas como?

No apartamento ao lado, Mary estava no mínimo na terceira repetição da musiquinha matutina. Delilah sabia que não adiantaria de nada socar a parede ou a porta e pedir para que Mary maneirasse na cantoria: a vizinha não batia muito bem das ideias. Delilah não sabia direito qual era o problema da mulher, mas as reclamações que fazia haviam desaparecido no grande vazio que parecia ocupar a mente sob o espesso cabelo grisalho de Mary.

Delilah não queria ficar em casa ouvindo aquela berraria. Era melhor fazer algo útil.

Ela se arrastou para o minúsculo banheiro de azulejos rosa, escovou os dentes e vestiu uma calça de moletom cinza com um camisetão vermelho. Cogitou sair para correr um pouco, poderia ser uma boa ideia. Ela não se exercitava havia pelo menos três dias, o que talvez explicasse por que sua mente andava tão lenta.

É... não. Delilah sabia que aquilo não era verdade. Já tinha tentado fazer exercícios físicos para solucionar a exaustão constante, mas malhar muito ou pouco parecia não fazer diferença. Seu corpo simplesmente não gostava de saltar de uma escala de trabalho para outra, como um beija-flor voando por aí. "É porque é inverno. Quando a primavera chegar, você vai se sentir mais desperta, que nem as flores", argumentara Harper, sua melhor amiga.

Delilah tinha duvidado daquela hipótese, e com razão: a primavera havia chegado. Tudo estava florescendo... exceto a energia dela.

Ainda assim, quer ajudasse sua mente ou não, Delilah calçou os tênis de corrida e enfiou as chaves, o celular, algum dinheiro, a carteira de habilitação e um cartão de crédito na pochete, que usou cruzada no peito. Então saiu do apartamento minúsculo e barulhento (Mary ainda estava cantando) para o corredor acarpetado, onde os cheiros de bacon, café e cola pairavam no ar. Qual era a da cola?

Delilah bufou, trotando os três lances de degraus estreitos e irregulares. O zelador devia estar fazendo reparos em alguma parede ou coisa do tipo. Ela não morava num lugar que poderia chamar de sofisticado.

Dois adolescentes emburrados e desleixados vagavam pela portaria do prédio quando passou. Ambos olharam para ela de canto de olho. Delilah os ignorou, passando pela porta de metal arranhada a tempo de ver o sol ser encoberto por uma nuvem branca e fofa.

Era um daqueles dias com sol e brisa da primavera que Harper amava e Delilah odiava. Talvez, se morasse no litoral ou em um lugar com bastante verde, pudesse apreciar o sol reluzente e o vento fresco. Cercada por natureza e quem sabe algumas flores desabrochando aqui e ali, um dia daqueles fizesse sentido. Mas ali?

Ali, naquele conglomerado urbano de galerias estreitas, oficinas mecânicas, concessionárias, terrenos baldios e moradias de baixa renda, um dia *ensolarado e fresco* não era agradável — era perturbador. Uma coroa na cabeça de um porco seria mais adequado.

Tentando ignorar o fedor de alface podre, fumaça de escapamento e óleo de fritura rançoso, Delilah apoiou o pé na lateral do canteiro vazio diante do prédio cinza e quadrado. Talvez o lugar parecesse mais primaveril se houvesse plantas em vez de pedras em frente à entrada. Delilah se alongou, depois balançou a cabeça para afastar a própria negatividade.

— Deixa de bobeira — repreendeu a si mesma.

Avançando a um ritmo mediano, Delilah seguiu na direção que a levaria para a área residencial mais próxima, onde poderia correr entre casas e árvores, em vez de no meio de comércios à beira da falência e carros.

Precisava sair daquela espiral sombria em que se encontrava. Fizera bastante terapia na adolescência para saber que tinha uma "personalidade obsessiva". Depois que se apegava a uma perspectiva, não arredava dela por nada. Naquele momento, estava presa à ideia de que sua vida era horrível — e que continuaria a ser se ela não aderisse a uma ideia nova.

Correndo na calçada irregular, Delilah tentava melhorar seu humor focando em pensamentos felizes.

— Estou cada vez melhor — entoou ela.

Depois de dez rodadas da afirmação, começou a ficar irritada, então trocou o mantra por uma imagem da vida que gostaria de estar vivendo. Aquilo a fez pensar na vida que *de fato* tinha vivido com Richard, o que só a jogou mais fundo no poço da negatividade.

Quando Richard decidira que queria trocar a esposa de cabelos e olhos castanhos por outra loira de olhos azuis, Delilah ficou sem muitas opções. Havia assinado um contrato pré--nupcial antes de se unir a Richard — não possuía nada antes do casamento e saíra sem nada depois do divórcio. Bom, não sem *nada*. Eles tinham feito um acordo que garantiu a ela dinheiro suficiente para comprar um apartamento, alguns móveis de segunda mão e um sedã compacto velho. Delilah havia adquirido tudo aquilo depois de encontrar o único lugar disposto a contratá-la e treiná-la. Dado seu impressionante currículo, que incluía "ensino médio incompleto", "experiência como babá" e "atendente numa rede de fast-food", ela tinha sorte de ter conseguido o emprego em que estava. E, deixando de lado o horário péssimo, o trabalho não era de todo ruim: Nate a inscrevera em um treinamento para gerentes e, depois de alguns meses, ela havia sido promovida a gerente de turno. Com vinte e três anos, era a gerente de turno mais nova do estabelecimento.

—Viu? — falou Delilah, ofegante. — As coisas estão melhorando.

Ela se agarrou àquele pensamento ligeiramente positivo ao correr pelo bairro caindo aos pedaços que ficava atrás de um complexo industrial. O lugar era muito acabado para ser chamado de "bonito", mas era repleto de velhos bordos e álamos vigorosos que chacoalhavam com a brisa leve que soprava pela rua. Todas as árvores estavam tomadas por folhagens verde-claras recém-brotadas. Os ramos novinhos encorajavam pensamentos mais esperançosos, mesmo que por poucos minutos.

Por um instante, Delilah se questionou se as pessoas que moravam na área permitiam que as árvores as inspirassem. Olhando ao redor, duvidou. Uma ou outra criança apática esperava pelos ônibus escolares amarelos que cuspiam fumaça pelo escapamento vindo a toda pela rua. Um idoso de careca lustrosa cortava a grama de um jardim cheio de ervas daninhas, e uma mulher com um humor que parecia pior que o de Delilah encarava a caneca de café, parada no alpendre de casa.

A jovem decidiu que já tinha cansado daquela vizinhança — aliás, já tinha cansado de correr. Então virou a esquina em uma loja de autopeças decrépita e pegou o caminho para casa.

Casa.

Quem dera ela se *sentisse* em casa. Seu apartamento não era uma casa. Delilah tivera apenas dois lares na vida: primeiro, o que compartilhara com os pais até os dois falecerem, quando ela tinha onze anos. Os lares provisórios em que havia morado depois não passaram de lugares em que matava o tempo. O segundo foi o que dividira com Richard. Naquele momento, ela tinha apenas um canto para dormir — e nunca o suficiente.

Nos últimos tempos, parecia que a vida de Delilah se resumia a uma interrupção incômoda do sono atrás da outra, como se o mundo fosse um alarme que continuava a tocar e acordar a jovem, tirando-a de seus sonhos — o único lugar onde era capaz de ter pensamentos verdadeiramente felizes.

De volta ao apartamento, Delilah deu seu melhor para ignorar as paredes verde-claras quase vazias — ainda não havia tido uma injeção de ânimo potente o bastante para pintar o apartamento. Tirou os sapatos e os arrumou com cuidado ao lado da porta. Seguiu direto para o sofá de couro bege desgastado e ajeitou a manta verde e amarela dobrada sobre o encosto. Não gostava da peça de crochê, mas fora um presente de Harper. Uma vez a amiga tinha ido à casa de Delilah e ficado arrasada ao não ver a manta. Daquele dia em diante, ela sempre a deixava ali.

"Você só precisa esconder as partes mais tortas", argumentara Harper no dia em que entregara o presente à amiga.

Dada a quantidade de partes tortas, aquilo era um desafio.

Mary continuava a gorjear no apartamento ao lado enquanto Delilah tirava a camiseta suada e abria o armário onde mantinha o estoque de biscoitos. Estava vazio. Óbvio.

Ela soltou um suspiro e tentou a geladeira. Sabia que era um esforço inútil, porque não cozinhava e, portanto, não guardava nada ali além de garrafas d'água, suco de maçã e as sobras de uma quentinha do restaurante. Uma das vantagens de trabalhar lá era ter refeições gratuitas em todos os turnos que fazia. Aquilo a mantinha bem alimentada, então tudo de que ela realmente precisava eram biscoitos, leite, algumas barrinhas proteicas e refeições congeladas para as noites de folga. A geladeira revelava que, naquele momento, estava tanto sem biscoitos quanto sem leite.

A voz de Mary atravessava as paredes.

"A primavera veio à vera e chegaram também as minhocas..."

— Pois é, Mary, é disso que eu tenho medo — falou Delilah.

Sem condições de continuar no apartamento.

Ela entrou no pequeno banheiro a passos largos e tomou uma chuveirada quente, depois vestiu uma legging marrom e um casaco dourado e preto. Evitou se olhar no espelho até ter secado o cabelo ondulado, que batia no ombro. Delilah não usava mais maquiagem. Em vez de gastar dinheiro em cosméticos que atraíam a atenção indesejada de homens, deixava o rosto limpo e economizava alguns dólares. Mesmo sem usar nada, Delilah era bonita a ponto de algumas pessoas virarem a cabeça ao cruzarem com ela. Uma agência de modelos na qual tinha se inscrito uma vez dissera que, não fosse pelo queixo mais avantajado, ela teria traços classicamente belos. Outras duas haviam indicado cirurgiões plásticos e dito que ela poderia voltar depois que tivesse um queixinho pequeno e um maxilar mais delicado.

Delilah pensou que, já que não usava maquiagem, para que se olhar no espelho? Já sabia qual era sua aparência, e ultimamente não estava muito disposta a encarar o próprio reflexo. Havia algo em seu rosto que a assustava, algo que a fazia imaginar o que o futuro lhe reservava.

No apartamento ao lado, Mary cantava a plenos pulmões sobre visitar Marte.

— Manda ver, Mary — disse Delilah, desejando que a vizinha fosse mesmo para o planeta vermelho... e não voltasse nunca mais.

Ela pegou a bolsa e foi para o carro. Achou que seria uma boa dar um pulo no mercado, comprar biscoitos e leite e voltar a tempo de tirar um cochilinho antes do serviço.

Ao terminar as compras, Delilah saiu do supermercado pelos fundos do estacionamento. Gostava de refazer o caminho até o prédio pegando as ruas mais sossegadas da vizinhança, em vez de passar pelas quatro pistas congestionadas que atravessavam o coração da zona industrial e comercial em que morava.

Aquela região era um pouco melhor do que a área na qual corria. Ostentava casas maiores, gramados mais verdes e carros mais novos. Delilah preferia os grandes bordos e álamos da vizinhança antiga, mas as flores cor-de-rosa das cerejeiras miradas daquela parte do bairro até que eram bonitas.

Virando na esquina com uma árvore particularmente florida, Delilah viu uma placa anunciando uma venda de garagem. A seta apontava para a frente, então, sem pensar muito, foi para lá que ela seguiu. Outras duas placas a instruíram a virar à direita, até que ela se viu diante de uma casa de dois andares e arquitetura espanhola, com uma área onde estavam dispostas várias mesas dobráveis repletas de produtos.

Delilah não conseguiu se conter. Precisou parar.

Era tão viciada em vendas de garagem quanto em ficar presa em velhos padrões de comportamento. Gostava desse tipo de coisa desde a adolescência. Uma de suas terapeutas, Ali, tinha uma teoria a respeito do hábito: achava que Delilah amava vendas de garagem porque elas lhe davam vislumbres de uma vida em família. Lembravam-na de como era ser "normal".

Ela não era consumista nem nada do tipo. Sim, de vez em quando adquiria uma coisa ou outra — todos os seus móveis tinham vindo de vendas de garagem. Mais do que tudo, porém, Delilah gostava de fuçar as coisas. Era uma arqueóloga de itens para casa, uma detetive particular de quinquilharias. Queria saber o que as pessoas usavam, o que colecionavam, o que amavam e o que não queriam mais ter por perto. Isso a entretinha.

Ao concluir que não tinha problema deixar o leite no carro por uns quinze minutinhos, Delilah estacionou atrás de uma picape vermelha e imunda. Ela e um Cadillac azul-claro eram os únicos veículos parados diante da casa. Apenas duas pessoas vagavam entre as mesas: uma senhora robusta, que parecia interessada em itens de cozinha, e um homem mais novo, que conferia as pilhas de livros e discos. Delilah cumprimentou ambos com um aceno de cabeça, assim como a mulher de meia-idade parada ao lado de uma mesa de piquenique em cujo tampo repousavam uma caixa registradora, um bloquinho de papel e uma calculadora.

— Bem-vinda — anunciou ela.

Tinha cabelo castanho curto e arrepiado, e os olhos estavam pintados com um delineador preto e grosso. Vestia um macacão de corrida amarelo e carregava nos braços um chihuahua bege tão quietinho e dócil que Delilah começou a cogitar a possiblidade de que fosse de mentira. Mas, quando ela se aproximou para fazer carinho, o cachorro balançou o rabo.

— O nome dele é Mumford — apresentou a mulher ao lado do caixa.

— Oi, Mumford.

Delilah coçou a orelha do cachorrinho, logo virando sua melhor amiga.

Depois se afastou de Mumford e sua humana, partindo para a exploração das pilhas intrigantes de cada mesa. Fuçou entre pequenos dispositivos, ferramentas, jogos, quebra-cabeças, eletrônicos e roupas. Encontrou uma jaqueta de couro preta em que ficou interessada até dar uma boa fungada e sentir o cheiro forte de naftalina. Seguindo para a mesa seguinte, deparou com a "seção de brinquedos". Um simples olhar para o monte de bonecas deixou seu humor já precário ainda mais sombrio, porque aquele tipo de coisa a lembrava de como era impossível impedir que outras crianças dos lares temporários brincassem com suas coisas ao longo da infância. Já os blocos a fizeram recordar um companheirinho do qual havia se aproximado no lar provisório número três; Delilah o havia perdido para a adoção uma semana antes de ela mesma ter sido transferida para outro lar. Estava pronta para se afastar daquela mesa, à procura de mais itens de decoração, quando seu olhar recaiu sobre uma boneca diferente.

Com cabelo castanho cacheado, grandes olhos escuros e bochechas fofas rosadas, parecia muito a bebê que Delilah se imaginava tendo algum dia com Richard. No início do casamento, a futura filha deles era tão real para Delilah quanto qualquer outro elemento do mundo físico. Ela tinha certeza de que seria mãe — tanta certeza que dera um nome à bebê antes mesmo da concepção: Emma.

Curiosa, Delilah deu a volta na mesa e foi até a boneca. Estava enfiada numa caixa de madeira grande, cheia de bichos de pelúcia e itens eletrônicos, com o rostinho lindo de bebê parcialmente obscurecido por um chapéu azul. A aba da peça, decorada com franjas rosa, parecia deslocada entre um console de videogame e o que parecia um aviãozinho de controle remoto. Delilah precisou empurrar os itens para o lado para libertar a boneca, que tinha uns sessenta centímetros.

Era muito mais pesada do que Delilah esperava e usava um vestido azul berrante estilo anos 1980, com mangas bufantes e saiote até o pé. O traje ainda vinha com babados rosa e um grande laço na cintura. Quando analisou melhor o brinquedo, Delilah percebeu que era pesado daquele jeito porque era eletrônico.

Ela puxou a etiqueta rosa-choque e o manual de instruções pendurado no pulso da boneca. "Meu nome é Ella", dizia a etiqueta.

Ella. Tão parecido com Emma... Delilah sentiu um calafrio. Que coisa estranha. Uma boneca que parecia sua bebê tão desejada, com um nome parecido demais para ser só coincidência. Mas só podia ser uma coincidência, certo?

Delilah abriu o manual. Arregalou os olhos. *Uau*. Era uma boneca bem tecnológica.

De acordo com as instruções, Ella era uma "boneca ajudante" fabricada pela Fazbear Entertainment.

— Fazbear Entertainment — sussurrou Delilah.

Nunca ouvira falar na empresa.

O manual tinha uma lista de tarefas que podiam ser executadas por Ella — uma lista bem impressionante, por sinal. A boneca fazia de tudo. Registrava a hora e servia como despertador, gerenciava reuniões, criava listas, tirava fotos, lia histórias, cantava músicas e até servia bebidas. *Bebidas?* Delilah balançou a cabeça.

Quando olhou ao redor, a jovem ficou aliviada ao notar que ninguém estava prestando atenção no interesse dela pela boneca. A tutora de Mumford ajudava o rapaz com os discos. A senhora robusta estava ocupada empilhando pratos de porcelana ao lado da caixa registradora. Mais ninguém havia aparecido.

Delilah continuou lendo. Segundo as instruções, Ella media até o pH da água e fazia análises de personalidade caso a pessoa respondesse à sua lista programada de duzentas questões. Como era possível que um brinquedo antigo fosse tão sofisticado?

A aparência tanto de Ella quanto do manual sugeria que a roupinha dos anos 1980 correspondia ao ano de fabricação. Não era um brinquedo novo, de jeito algum. Será que realmente fazia tudo aquilo?

A jovem virou Ella de costas e encontrou um bilhete preso ao vestido. Estava escrito que, naquela boneca, o único dispositivo que ainda funcionava era o despertador. A jovem virou de novo o brinquedo e viu que Ella tinha um relógio digital instalado no peito. Concentrada em seguir as instruções, Delilah tentou ativar o alarme apertando uma sequência de pequenos botões que encontrou na barriguinha redonda.

Quando o último botão apertado fez os olhos da boneca se abrirem de repente, Delilah quase a deixou cair. Levou um susto com o barulho e sentiu a pulsação se multiplicar por quatro num nanossegundo quando Ella foi de adormecida para desperta.

Delilah segurou a boneca diante de si. Bom, ela estava *mesmo* precisando de um despertador. Conferiu a etiqueta branca de preço presa ao pescoço de Ella. Nada mal. Conseguia arcar com o valor, e talvez ainda pudesse barganhar um pouco. Suas centenas de visitas a vendas de garagem a fizeram dominar a arte da pechincha.

Delilah pegou a boneca e se aproximou de Mumford e sua tutora, ambos atrás da caixa registradora. O rapaz colocava uma caixa cheia de discos na caçamba da picape.

— Será que não rola um desconto de quinze dólares na boneca, já que ela só tem uma função? — perguntou Delilah.

A mulher estendeu a mão, cujas unhas estavam pintadas de um vermelho-vivo. Virou Ella de costas, conferiu o preço e depois fitou a jovem, que tentou parecer ao mesmo tempo pobre e empolgada com a compra.

— Beleza. Sem problema, dou o desconto, sim.

Delilah sorriu.

— Ótimo.

Ao pagar, repetiu para si mesma que o dia de fato fora bom: ela tinha saído para correr, comprado biscoitos e encontrado uma boneca tecnológica superlegal a um bom preço numa venda de garagem. Ella seria uma ótima adição à mesa de centro de carvalho da sala. Harper ia adorar a boneca.

E Delilah ainda por cima ganhara um despertador funcional! Poderia voltar para casa, tirar um cochilo e garantir que seria acordada a tempo de ir para o trabalho. Aí sim. Ela vislumbrava uma luz no fim do túnel, e talvez até pudesse deixar de lado aquele papo de "a vida é horrível".

De volta ao apartamento, Delilah colocou Ella na mesinha de cabeceira, sob a luminária branca pendurada no teto. Com o vestido bufante todo esparramado ao seu redor, a boneca combinava com o local. Parecia até feliz, satisfeita consigo mesma — o que, óbvio, era uma projeção, já que Ella nem sequer tinha *consciência* de que existia. Era Delilah quem estava satisfeita, orgulhosa por ter encontrado uma forma de dar a volta por cima. Havia saído do fundo do poço. Aquilo era impressionante.

Delilah conferiu as horas e ajustou o relógio da boneca. Não eram nem onze e meia da manhã, então a jovem ainda podia tirar uma horinha de sono. Então colocou o alarme de Ella para 1h35 da tarde, ajeitou os lençóis e a coberta e se deitou, puxando a manta até o queixo — não porque estivesse frio no apartamento, mas porque aquilo a fazia se sentir segura. Grata pelo fato de que Mary também estava dormindo ou resolvendo coisas fora de casa (ou quem sabe tivesse arruinado as cordas vocais com tanta cantoria), Delilah se acomodou e se entregou ao torpor do sono até chegar à abençoada inconsciência.

• • •

O telefone estilhaçou a paz de Delilah como um foguete estourando os vitrais de um monastério. Ela se sentou e pegou o celular, dando uma bronca mental em si mesma por não tê-lo desligado, deixando que seu cochilo fosse interrompido.

— O que é? — rosnou.

— Cadê você, hein? — retrucou Nate.

— Como assim? São... — Delilah olhou para a boneca. O relógio informava que eram 2h25 da tarde. — Ah, merda.

— Ou você chega em quinze minutos, ou nem precisa vir mais.

Delilah afastou o celular da orelha bem a tempo de evitar o estrondo iminente. Nate usava um aparelho de telefone antigo, com fio, do tipo que tinha gancho de metal. Ele se expressava por meio da força com que batia o fone ao encerrar uma ligação. Naquela ocasião, estava claramente furioso.

Ela correu até o banheiro, tirando as roupas no caminho. Jogou água no rosto. Escovando o cabelo, trotou de volta até o quarto, pegou o vestido azul-escuro do uniforme e os sapatos que completavam o traje — um par de calçados antiderrapantes pretos horrorosos que Nate obrigava todos os empregados a usar. Enquanto amarrava os cadarços, seu olhar recaiu sobre a boneca.

— É, você me decepcionou — falou Delilah.

Um dos cachos do cabelo da boneca havia caído sobre o olho. Ella parecia quase maligna.

Não era de admirar que tivesse sido tão barata. A única coisa que funcionava na boneca era o relógio no meio do peito, mas sem a função de despertador, de que servia? Ella continuava sendo uma boneca bonita e ainda lembrava a bebê que Delilah tanto havia desejado, mas agora estava mais para um lembrete da frustração que a dona sentia.

Assim que terminou de amarrar os sapatos, Delilah puxou Ella da mesinha de cabeceira. Por um instante, se maravilhou com o realismo daquela "pele" macia de bebê, mas logo pegou a bolsa e saiu de casa, ainda com a boneca em mãos. Descendo a escadaria a toda, balançou a cabeça quando ouviu Mary berrar:

"Amo o mundo, grandão e brilhante!"

Do lado de fora, o sol dera lugar a uma série de nuvens que cuspiam gotas grossas de chuva. Delilah parou para segurar a porta aberta para duas idosas, que demoraram um tempo excruciante para entrar. Depois saiu correndo e deu a volta no prédio, seguindo na direção das lixeiras.

Havia três caçambas verdes imensas acomodadas no canto do estacionamento, como um trio de trolls. Duas estavam abertas e uma fechada. Delilah mirou na segunda e fez Ella percorrer um arco no ar, soltando a mão da boneca no ápice da curva. Ella voou em meio à chuva intermitente e pousou com um estampido metálico reverberante dentro de uma das lixeiras abertas. Delilah fez uma careta ao ouvir o som, sentindo-se culpada por descartar uma boneca que lembrava tanto sua bebê, uma boneca com mãos que pareciam surpreendentemente reais.

Não viu em qual das caçambas Ella caiu, porque, bem naquele momento, Nate surgiu na porta dos fundos do restaurante. A jovem acenou.

— Atrasada porque ficou brincando com sua bonequinha? — perguntou ele.

— Muito engraçado.

Delilah correu até o estabelecimento e alcançou a porta assim que a chuva desabou de vez.

Nate deu um passo para trás para permitir que a jovem entrasse, depois fechou a porta para manter do lado de fora o que já se transformava numa tempestade. Delilah sentiu o cheiro da loção pós-barba de Nate, dotado de um aroma sutil de uísque do qual o homem sentia um orgulho excessivo. "Bem masculino, não acha?", perguntara o chefe na primeira vez em que usara o produto novo.

Delilah precisara admitir que era mesmo.

Desafiando o estereótipo do típico proprietário de restaurante, Nate era alto, sarado, bonito e bem-arrumado. Tinha cerca de cinquenta anos, cabelo curto já ficando grisalho e barba bem aparada. Os olhos eram cinza-chumbo, capazes de empalar uma pessoa quando seu dono não estava feliz. Era com aquele olhar que ele fulminava Delilah.

— Sua sorte é que você manda bem e os clientes te amam. Mas precisa dar um jeito nesses seus atrasos, cara. Não posso ficar passando a mão na sua cabeça toda hora.

— Eu sei, eu sei. Estou tentando.

— Disso não tenho dúvidas.

O turno de Delilah terminou num piscar de olhos. Aquele era o lado positivo de trabalhar das duas às dez da noite: o movimento era avassalador, mas pelo menos o tempo passava voando.

Ela voltou para casa por volta das dez e meia da noite e, para sua alegria, descobriu que havia perdido uma das canções de boa-noite de Mary. O prédio estava bem silencioso. Tudo que

Delilah ouvia era uma música vindo de um dos apartamentos no fim do corredor e risadas de uma televisão no andar de cima.

Ao fechar a porta de seu apartamento, Delilah torceu para que o fedor do que pareciam couves-de-bruxelas queimadas não a seguisse — e deu certo. O apartamento cheirava a produto de limpeza de pinho e laranjas. O aroma era melhor que o da própria Delilah, que fedia a fritura, como era comum no fim de todos os turnos.

Ela tirou as roupas e as jogou no baú de cedro ao lado da porta. A madeira e o saquinho de carvão purificador de ar que Delilah colocava ali dentro tinham dado fim ao cheiro rançoso com que ela ficara por semanas depois que começou a trabalhar no restaurante.

No chuveiro, Delilah se livrou do resto do fedor. Depois vestiu uma camisola vermelha de manga comprida e se acomodou na cama com uma embalagem pela metade de estrogonofe de carne com vagem. A cozinheira do horário das duas às dez era a melhor do restaurante. A comida estava uma delícia. Enquanto jantava, Delilah assistiu à reprise de um programa de comédia na televisão velha que ficava em cima da cômoda de bordo antiga. Não ria com as piadas do seriado, nem sequer sorria. Assistir ao programa apenas a ajudava a se sentir um pouco menos solitária.

Perto das onze e meia, Delilah botou a embalagem vazia de isopor em cima da pilha de revistas de decoração que mantinha na mesinha de cabeceira. Apagou a luminária e se virou de lado. A luz dos postes do estacionamento projetava sombras distorcidas pelo cômodo. Pareciam imensos dedos ossudos estendidos na direção da cama.

Ela fechou os olhos e torceu para dormir logo... o que aconteceu mesmo.

Mas acordou tão rápido quanto adormeceu.

Abriu os olhos de repente. O relógio da mesinha de cabeceira que estava com o alarme quebrado informava que era 1h35 da manhã.

Ela se sentou e olhou ao redor.

Por que havia acordado?

Olhando pela janela, esfregou os olhos. Provavelmente ouvira algum barulho, algo vindo de lá de fora. Será que tinha sido algo tocando? Algo zumbindo?

Delilah inclinou a cabeça de lado, prestando atenção. Não ouvia nada além dos carros passando pela rua.

Voltou a encarar o relógio. Era 1h36.

Espera. Ela tinha acordado à 1h35.

O alarme do relógio da boneca tinha sido programado para 1h35. Será que ela tinha confundido o ajuste que definia horários da tarde ou da manhã?

— Ops — sussurrou a jovem. — Foi mal, Ella.

Delilah pensou em sair para buscar a boneca, que talvez ainda estivesse funcionando, mas estava exausta demais. Poderia fazer aquilo ao acordar.

Então se acomodou sob as cobertas e voltou a dormir.

—Você jogou no lixo?

Harper empinou o queixo, ergueu as sobrancelhas e torceu a boca em sua melhor expressão de "Sério, Delilah?".

— Achei que estava quebrada.

— Sim, mas talvez fosse um item de colecionador. Pode valer um bom dinheiro.

Harper arregalou os enormes olhos azuis ao pensar na quantia. Delilah quase via uma calculadora somando valores imaginários na cabeça da amiga.

As duas estavam sentadas numa mesinha alta e redonda na cafeteria preferida de Harper, que tomava algum tipo de espresso quádruplo chique. Era viciada em café. Delilah bebia chá de canela.

A cafeteria era um estabelecimento pequeno de paredes de tijolinhos com muitos detalhes em aço inox e cromo e pouquíssima madeira. Àquela hora, pouco antes das onze da manhã, não estava muito lotado. Uma mulher negra com o cabelo dividido em duas tranças estava a uma mesa do canto, concentrada no que quer que estivesse em seu notebook, enquanto um idoso mordiscava um muffin e lia o jornal. Atrás do balcão, máquinas chiavam e cuspiam.

— Você não aprendeu nada comigo, não? Sempre tente vender antes de jogar fora. Lembra? — indagou Harper.

— É que eu estava atrasada para o trabalho. E um pouco estressada.

— Você precisa aprender a meditar.

— Mas aí eu me atrasaria porque ia ficar distraída com a meditação.

Harper riu. Todo mundo no estabelecimento se virou para olhar. A risada dela era como o rugido retumbante de um leão-marinho. Dava para saber o quão engraçado ela achava alguma coisa só com base no número de bramidos. O comentário de Delilah havia rendido apenas um.

— Curtiu o roteiro da peça nova? — perguntou Delilah.

— É engraçadinha. Minhas falas são todas uma porcaria, mas amo minha personagem.

Delilah sorriu.

Harper e Delilah eram melhores amigas havia quase seis anos, desde que as duas tinham se encontrado num dos lares provisórios. Como já sabiam que aquele seria o último lugar onde ficariam, elas tinham se juntado para sobreviver à estrutura rígida imposta por Gerald, o marido ex-militar do casal que as acolhera.

Sempre que Gerald brigava com as duas meninas por não terem seguido a agenda estabelecida por ele, lembrando que tal coisa precisava acontecer às cinco em ponto e tal coisa às seis e dez da manhã, Harper murmurava algo como "E você pode se jogar de um penhasco às sete e ir à merda".

Ela fazia Delilah rir, o que a ajudara a sobreviver.

Eram completamente diferentes, tanto em aparência quanto em personalidade. Era provável que jamais tivessem virado amigas se não houvessem sido submetidas ao mesmo inferno de horários. No entanto, sempre davam um jeito de fazer a amizade funcionar. Quando Harper anunciara seu plano maligno para fazer um famoso roteirista colocá-la no elenco das peças dele, Delilah dissera apenas: "Cuidado." Quando Delilah contara que ia se casar com seu príncipe encantado e ter vários bebês, Harper apenas advertira: "Não assine um acordo pré-nupcial." Harper havia seguido o conselho de Delilah e ainda tivera a elegância de não dizer "Eu avisei" ao saber que a amiga não seguira o dela.

— Acho que você devia ir atrás — disparou Harper.

— Oi?

— Da Ella. Acho que você devia ir atrás da boneca.

Harper começou a brincar com um das dezenas de trancinhas loiras que pendiam da cabeça.

Com a maquiagem colorida e um vestido verde coladíssimo, a amiga passava uma vibe meio Medusa.

— Porque ela pode valer algum dinheiro — acrescentou Delilah.

— E não só isso. Você disse que ela parecia com a bebê que planejava ter. Isso é bem esquisito, não acha? Ter achado uma boneca parecida com sua bebê imaginária? E se for uma espécie de sinal?

— Você sabe que não acredito em sinais.

— Talvez devesse.

Delilah deu de ombros, e as duas passaram o resto do encontro falando sobre a peça e o último namorado de Harper. Depois lembraram uma à outra — como sempre faziam — de como haviam escapado de um verdadeiro inferno.

— Não, você não pode usar o banheiro. Não antes das quinze para as dez. Esse é seu horário de urinar — brincou Harper, com a voz empolada.

Ela fazia ótimas imitações, e a de Gerald era perfeita. Também conseguia replicar com uma semelhança assustadora o alarme que ele usava para anunciar todos os eventos na agenda da casa. O som era uma espécie de mistura entre toque de despertador, buzina e sirene. Delilah sempre cobria as orelhas quando Harper resolvia simular o ruído.

Uma vez, Richard perguntara a Delilah por que ela e Harper tinham necessidade de reviver o passado com tanta regularidade.

"Isso lembra a gente de como as coisas estão boas agora, mesmo que não pareçam", respondera ela na época. "Qualquer coisa é melhor do que morar com o Gerald."

Como sempre acontecia quando Delilah e Harper estavam juntas, o tempo voou. Assim que saiu do carro, Delilah se deu conta de que mal daria tempo de entrar em casa e se trocar, porque já era hora de entrar no serviço.

— Por que está sendo tão bonzinho comigo? — perguntou Delilah para Nate quando chegou para o turno das duas da tarde.

Ela estava diante da escala pregada ao quadro de avisos na sala de café. Nate havia a colocado no período da tarde por uma semana inteira seguida. Delilah não se lembrava da última vez que passara sete dias trabalhando no mesmo horário — e aquele turno era especialmente vantajoso, porque, contanto que ela fosse para a cama poucas horas depois de chegar em casa, sempre conseguiria acordar a tempo de ir trabalhar. Nem precisaria de um despertador. Poderia trocar a correria da noite por um período decente de sono.

Nate ergueu os olhos da papelada diária com a qual precisava lidar, sentado à mesa redonda ao lado do quadro de avisos.

— Ué, é interessante para mim. Gosto quando você chega na hora para trabalhar.

— Bom, é mais fácil chegar na hora quando meu relógio biológico tem a oportunidade de entender que horas são — respondeu Delilah.

— Fracote.

— Carrasco.

— Chorona.
— Babaca.

Delilah começou seus afazeres o mais perto de feliz que já se sentira nos últimos tempos. O trabalho estava fluindo com tranquilidade. Quando Nate a provocava, era porque estava feliz. Quando Nate estava feliz, as coisas iam bem.

O serviço foi tão proveitoso que Delilah voltou para o apartamento de bom humor. Comeu bolo de carne com brócolis de bom humor e foi dormir de bom humor. Mas o bom humor desapareceu quando ela despertou e se sentou na cama com os músculos tensos, tentando ouvir alguma coisa.

Quem estava sussurrando?

Havia alguém falando baixinho em algum lugar. Dava para ouvir palavras sibilantes e indecifráveis vindo... vindo de onde?

Totalmente desperta, ela olhou para o relógio. Uma e trinta e cinco da manhã.

De novo?

Delilah se esforçou para compreender os sussurros, mas eles tinham parado. Tudo que ouvia era o ruído dos carros na estrada.

De onde aquele som estava vindo?

Ella!

Só podia ser.

Harper estava certa. Delilah deveria ter ido procurar a boneca. Deveria ter conferido se ainda estava por lá — não porque podia valer algum dinheiro ou porque era um sinal, mas porque aparentemente o despertador ainda estava ajustado para tocar à 1h35 da manhã. Mas Delilah não tivera tempo de fazer aquilo antes de ir trabalhar. No dia seguinte, daria um pulo nas lixeiras sem falta. Era impressionante que o alarme de Ella fosse tão poderoso a ponto de ser ouvido dali do apartamento. Se bem que, parando para pensar, a cantoria de Mary não era uma dolorosa prova de que o prédio tinha paredes finíssimas?

Delilah voltou a se deitar e fechou os olhos. O rosto de Ella tomou sua mente. A jovem abriu os olhos e sentou-se novamente.

Não vou conseguir dormir até ir lá pegar a boneca, pensou.

Ela se levantou e vestiu um moletom. Enfiou os pés num par de tamancos e pegou uma lanterna na mesinha de cabeceira. A área das caçambas era bem iluminada, mas, se Ella já estivesse meio enterrada no lixo, daria trabalho achar a boneca.

Delilah jogou nas costas um cardigã de crochê multicolorido horroroso que Harper havia feito para ela, saiu do apartamento, seguiu pelo corredor, desceu as escadas e foi para o lado de fora. O ar estava gelado, mas o céu parecia aberto. Algumas estrelas até cintilavam acima do brilho turvo da noite urbana.

Delilah parou bem ao lado da porta e olhou ao redor para confirmar que estava sozinha. Estava.

Deu a volta no prédio e seguiu até as lixeiras. As caçambas verdes e feias jaziam sob a luz dos postes do estacionamento e dos fundos do restaurante. Dois dos três contêineres estavam abertos, mas todos pareciam meio tortos, como se tivessem sido movidos.

Só faltava essa. Se fosse mesmo o caso, encontrar Ella seria como achar uma agulha no palheiro. Era provável que a busca fosse demorar mais do que Delilah imaginara.

Olhando de novo ao redor, ela deu de ombros. Era melhor acabar logo com aquilo.

Delilah se aproximou da caçamba do meio, onde achava que tinha jogado Ella, ergueu a tampa e ficou na ponta dos pés para iluminar o interior com a lanterna. O feixe varreu uma montanha de embalagens de plástico, uma manta toda esfarrapada, uma maçaroca de embalagens de comida de isopor e várias latas vazias. A luz não revelou a fonte do cheiro insuportável de cocô que Delilah sentiu assim que abriu a tampa. Ela fechou a lixeira com cuidado, para a tampa não fazer barulho. Se a boneca estivesse naquela caçamba, estaria enterrada embaixo de um monte de lixo.

Delilah achou melhor conferir as outras duas lixeiras antes de mergulhar em qualquer uma delas. A única coisa que distinguia aquela caçamba da primeira que Delilah analisara eram algumas dezenas de livros espalhados sobre os sacos de lixo. Ela ficou tentada a pegar um deles, um romance policial sobre um assassinato misterioso, mas a capa tinha uma mancha vermelha suspeita. Delilah nem queria saber do quê.

O último contêiner que conferiu foi o que ela tinha quase certeza de estar fechado na ocasião em que descartara Ella. Assim, não ficou nada surpresa quando achou mais lixo, sem nenhum sinal da boneca.

Frustrada, desligou a lanterna e pensou por um momento. Será que precisava mesmo entrar naqueles contêineres e cavucar o lixo atrás de Ella? Delilah não tinha certeza de que estava acordando de madrugada por causa da boneca. Não ficaria nada surpresa se descobrisse que era Mary cantando alguma canção idiota ou uma gata no cio.

Sim, mas como explicar ter acordado exatamente à 1h35 da manhã nas duas ocasiões? Coincidência? Podia ser, certo? Uma vez, Harper passara um tempo acordando sempre às 3h33 da manhã e, durante alguns meses, enxergou o número 333 em todos os lugares. A garota havia pesquisado e descobrira que era uma espécie de sinal espiritual.

E se 135 fosse um sinal espiritual exclusivo para Delilah?

Ela bufou e deu as costas para as caçambas. Que bobeira acreditar naquilo. Ela voltou para o apartamento. Por enquanto, ia aderir à teoria da coincidência. Era mais fácil do que achar que o problema era a boneca.

Essa teoria foi por terra quando Delilah acordou à 1h35 da manhã pela terceira vez seguida. Daquela vez, teve *certeza* de que o culpado tinha sido um som vindo do lado de fora. Eram arranhões? Batidinhas no vidro?

Seja lá o que fosse, foi tão arrepiante que Delilah agarrou a lanterna na hora e a apontou para a persiana. Após encarar as cortinas imóveis por um minuto inteiro, criou coragem de atravessar o quarto na ponta dos pés e espiar pela janela.

Não havia nada. E lá embaixo, no estacionamento, as lixeiras não tinham sido movidas da posição em que haviam estado no dia anterior.

Delilah respirou fundo. Teria que vasculhar todos os contêineres de lixo.

Será que era melhor esperar o dia seguinte? Facilitaria as coisas, não? E se alguém a visse em meio à operação, Delilah seria sincera e falaria que tinha jogado fora algo que não devia.

Ela se afastou da janela e deu um passo na direção da cama.

Então parou. Que dia era?

Como trabalhava em turnos esquisitos, Delilah raramente sabia em que dia da semana estava. Pensou por um instante. Quarta-feira.

— Ah, caramba — murmurou.

O lixeiro passava às quintas pela manhã, bem cedo. Se Delilah esperasse, Ella seria levada embora.

Espera. Isso seria bom, não? Se fosse levada de vez, seu alarme não dispararia mais para acordá-la. Delilah achava que dificilmente conseguiria algum dinheiro com a boneca e tinha certeza de que a similaridade de Ella com Emma era bobagem. Não havia razão para mergulhar nos contêineres fedorentos. Podia apenas esperar que o caminhão de lixo levasse seu problema embora.

Então sorriu e voltou para a cama.

Na quinta-feira à noite (ou melhor, na sexta de madrugada), Delilah abriu os olhos à 1h35... de novo. Ficou alerta na mesma hora. Dava para ouvir o coração batendo rápido e constante, como o repicar de um tímpano marcando o ritmo de uma marcha. A pulsação acelerada não se devia apenas ao horário — era também uma reação de Delilah à sensação perturbadora de que havia algo embaixo da cama. Algo *se movendo* embaixo da cama.

Mas não era possível.

Ou era?

Delilah tentou prestar atenção. No começo, não ouviu nada, mas depois começou a se perguntar se não havia um barulho de algo se arrastando no carpete sob a cama.

Ela começou a se levantar, mas então se deteve. E se *de fato* tivesse algo ali? A coisa poderia agarrar seu pé!

Puxando as pernas depressa para debaixo das cobertas, Delilah acendeu o abajur.

Assim que o quarto se iluminou, ela se inclinou e conferiu ao redor da cama. Não viu nada além do carpete em tons de marrom e creme que tinha comprado numa venda de garagem.

O tal barulho era coisa da imaginação dela.

Ou ainda havia algo embaixo da cama.

Delilah pegou a lanterna na mesinha de cabeceira, a ligou, respirou fundo e, se inclinando de novo, iluminou o vão. Não havia nada.

Certo, a situação estava ficando esquisita. Era a quarta noite seguida.

Só podia ser Ella.

Mas o lixo das caçambas havia sido recolhido.

Delilah cruzou as pernas e esfregou os braços, com os pelinhos todos arrepiados.

E se não tivessem esvaziado por completo as caçambas? E se Ella tivesse caído para fora enquanto o contêiner era limpo?

Delilah precisava conferir, e *imediatamente*. Precisava saber.

Então ela repetiu os passos de duas noites antes e foi até as lixeiras com a lanterna. Naquela noite, as três estavam fechadas. Era como geralmente ficavam depois da passagem do caminhão às quintas.

Delilah se aproximou dos contêineres em ordem, da direita para esquerda. Ergueu cada uma das tampas e iluminou o interior das três caçambas vazias. O que encontrou foram dois sacos de lixo domiciliar, um de fraldas sujas (com aquele fedor horrendo de sempre), uma lâmpada quebrada e uma triste pilha de roupas masculinas. A única coisa que poderia estar escondendo

Ella eram as roupas, então Delilah prendeu a respiração, se pendurou na borda da lixeira e usou a lanterna para empurrar as peças para o lado. E só encontrou mais e mais roupas.

Transitou por entre as caçambas e deu a volta nelas. Varreu com a lanterna cada cantinho ou espaço escuro que viu. Nada de Ella.

A boneca havia desaparecido. Com certeza. Não estava mais ali. Não tinha como um brinquedo ser responsável por acordar Delilah sempre no mesmo horário da madrugada.

Então de onde vinha o barulho?

No dia seguinte, Delilah acordou às dez da manhã, e a primeira coisa que fez ao se levantar — além de cobrir os ouvidos para não ouvir Mary cantando sobre espanar livros — foi ligar para Harper e pedir que ela desse um pulo em sua casa. Seu telefonema acordou a amiga, mas Harper nunca deixava que aquele tipo de coisa a incomodasse.

— Claro, daqui a pouco tô aí — informou ela.

Quando chegou, largou a bolsa volumosa no chão e se jogou no sofá.

— O que rolou?

— Como você sabe que rolou alguma coisa?

Delilah se sentou ao lado de Harper.

— Você quase nunca me chama para vir na sua casa.

Nossa, verdade. Delilah tinha praticamente invocado a amiga, uma prova de como estava abalada.

— Tenho uma pergunta para te fazer — começou a jovem.

— Espero que seja uma das boas.

—Você tirou Ella da lixeira ontem?

— Hein?

No apartamento ao lado, Mary cantarolou: "Porque me sinto de boa na lagoa, iuhu!"

Harper sorriu. Gostava das musiquinhas de Mary.

— A Boneca. Ella — explicou. — Você a pegou no lixo?

Harper pareceu confusa.

— Por que eu faria isso?

— Porque falou que ela podia valer algum dinheiro.

— Bom, ela pode, mas a boneca é sua, não minha. Eu te avisaria se quisesse fazer alguma coisa com ela.

Delilah esfregou o rosto, exasperada. Sim, aquilo fazia sentido.

— Por que está perguntando? — questionou Harper. — Você procurou a boneca e não encontrou?

— É, procurei... Mais ou menos, na verdade. Não revirei o lixo todo, mas aí as caçambas foram esvaziadas.

— Certo, então Ella já era. E daí, qual é o drama?

Delilah não contou para Harper que todo dia estava sendo acordada de madrugada, à 1h35. Tinha acabado de revelar que havia comprado a boneca e depois a jogado fora ao descobrir que não funcionava. Não conseguia pensar em um jeito de falar para Harper que estava acordando na mesma hora por quatro noites seguidas sem parecer exagerada. Além disso, se Delilah insistisse naquele assunto, Harper ia começar de novo com aquele papo sobre sinais espirituais.

— Já que vim aqui, você não quer sair para almoçar? — perguntou a amiga.

• • •

Delilah se despediu de Harper com alívio. Não via a hora de ir embora, porque, no meio do almoço, tivera uma ideia e finalmente poderia colocá-la em ação.

Indo de carro até a vizinhança nova com as cerejeiras mirradas, saiu em busca da casa onde encontrara a venda de garagem... e Ella. Planejava conseguir algumas respostas sobre a boneca com a proprietária anterior.

Sem placas para se orientar, Delilah perdeu uma entrada e precisou dar a volta. Depois de um tempo, encostou diante da construção com arquitetura espanhola onde havia conhecido Mumford, o chihuahua amigável.

Mas Mumford não estava em casa. Ninguém estava.

Da rua, dava para ver que atrás das janelas sem cortinas havia cômodos vazios, mas ela parou na garagem igualmente vazia e saiu do carro.

Inspirando o ar estagnado e úmido, franziu o nariz ao sentir um cheiro que a fez pensar em folhas podres. O bairro estava silencioso, o que não era normal. A única coisa que se ouvia era um cão solitário latindo a distância.

Aquela era a casa certa, não era? A jovem analisou a fachada, depois se virou e inspecionou as construções vizinhas. Sim, era aquela mesmo.

— Que esquisito... — disse Delilah.

Mas será que era tão esquisito assim?

Afinal de contas, a mulher que morava ali tinha organizado uma venda de garagem. Era o que pessoas faziam antes de se mudarem, certo? Delilah não conseguia pensar em outra explicação para a ausência de pessoas ou coisas na casa.

Ainda assim, por que o lugar lhe parecia tão sombrio?

Torcendo para esbarrar em alguma pista que indicasse para onde Mumford e a mulher de cabelo arrepiado poderiam ter ido, Delilah deu a volta na construção e espiou pelas janelas. Não encontrou nada. A casa estava completamente vazia, exceto por uma folha amassada de papel toalha na bancada da cozinha. Tudo que Delilah conseguiu com sua investigação foi um pavor inquietante que se aninhou em seu peito e não foi mais embora, mesmo depois que ela praticamente correu para o carro e dirigiu para longe o mais rápido possível.

De volta ao apartamento, Delilah comeu biscoitos e tomou leite até dissipar o nervosismo provocado pela casa vazia.

— Certo. Hora do plano B — disse ela.

Delilah abriu o notebook e se acomodou na cama. Conferiu o relógio. Tinha cerca de quarenta e cinco minutos até precisar sair para trabalhar. Tempo mais que suficiente, esperava.

No apartamento ao lado, Mary cantava sobre cogumelos, mas Delilah não deu a mínima. Tinha uma missão: tentar encontrar informações sobre Ella na internet.

Começou a pesquisa com "boneca Ella". Achou que talvez os termos de busca fossem muito vagos, mas no fim um dos milhões de resultados foi útil: a produção da boneca Ella tinha sido interrompida por razões desconhecidas. Com aquele fato em mente, continuou sua pesquisa, mas esbarrava sempre nos mesmos dados irrelevantes ou no texto já fornecido pelo livreto de instruções.

Quando começou a ficar sem tempo, passou a arriscar buscas malucas: "boneca Ella assombrada", "boneca Ella quebrada", "boneca Ella exclusiva", "boneca Ella com defeito", "boneca Ella especial". Aquelas pesquisas a levaram a inúmeros blogs insignificantes que não tinham nada a ver com a *sua* boneca Ella. Mas um dos resultados de "boneca Ella especial" a conduziu a um anúncio postado por um usuário de nome Phineas, que estava tentando encontrar um exemplar específico do brinquedo. O anúncio fazia referência a uma "boneca Ella especial" e dizia que o sujeito estava disposto a pagar um bom valor pela energia dela — fosse lá o que aquilo significasse.

Delilah conferiu a hora. Precisava ir trabalhar.

Grandes coisas suas ideias inteligentes... Tudo que tinha conseguido era ficar ainda mais ansiosa.

Mais três noites. Mais três madrugadas acordando à 1h35.

Numa delas, Delilah despertou com a certeza de que estava sendo observada. Todos os pelos de seu corpo se arrepiaram, como antenas informando que ela estava sob escrutínio. Em sua mente, viu os olhos imensos de Ella analisando sua alma. Quando acendeu o abajur num sobressalto, teve a impressão de que algo tocava seu braço, mas a luz revelou que estava sozinha.

Na noite seguinte, Delilah ouviu um farfalhar tão baixinho que era até difícil de escutar, mas ainda assim foi o suficiente para despertá-la. Quando abriu os olhos, o barulho ficou mais alto. Estava vindo de dentro do guarda-roupa, como se alguém estivesse mexendo nas peças penduradas nos cabides. Tateando para achar o interruptor, Delilah se levantou, atravessou o quarto a passos largos e abriu o armário. Encontrou apenas roupas e sapatos.

Na madrugada seguinte, um tamborilar acordou Delilah. Em seus sonhos, o responsável pelo ruído era um pica-pau. Mas, quando despertou, ela percebeu que o barulho vinha do chão. Havia algo sob o assoalho, batendo nas tábuas como se quisesse sair. Tentando ao máximo não entrar em pânico, Delilah conseguiu acender a luz. Assim que o quarto se iluminou, o ruído parou.

A jovem estava começando a surtar, a ponto de não conseguir mais dormir. Chegava do trabalho tão exausta que caía na cama e dormia na hora. À 1h35 da manhã, porém, algo a acordava. Uma espécie de som ou sensação — algo um pouco além dos limites da consciência de Delilah — invadia seus sonhos e a puxava para o estado de vigília.

Naquela noite, ouviu algo na parede que dividia seu apartamento do de Mary.

Era um ruído de algo arranhando, não? Ou um zumbido? Será que era um alarme? Não, Delilah achava que não. Tinha quase certeza de que havia algo se movendo do outro lado da parede.

A jovem apagou a luz e encarou o quarto vazio. Puxou os joelhos para perto do peito e tentou tranquilizar o coração acelerado.

Era o problema daquelas intrusões noturnas: Delilah ficava com a impressão de que havia algo tentando alcançá-la, algo se esgueirando em sua direção ou acenando para ela de alguma forma. Tinha certeza de que era Ella.

A boneca ainda estava por perto. Tinha que estar.

E tinha funcionalidades ativas. O único problema é que não eram funcionalidades úteis.

Delilah havia pensado muito naquilo. *À exaustão*. Passara dias às voltas com aquela questão.

Chegara à conclusão de que Ella não estava feliz por ter sido descartada. Talvez o abandono houvesse ativado alguma sub--rotina responsável por engatilhar novas funções, funções escondidas. Talvez a pessoa responsável pela fabricação da boneca tivesse um senso de humor doentio a ponto de achar que seria divertido pregar uma peça em quem tivesse a audácia de descartar sua criação. Ou talvez Ella estivesse apenas com defeito.

Que fosse. A questão era que a boneca estava perseguindo Delilah. Só podia ser.

Mas o que ela faria a respeito disso?

Delilah encarou a barreira fina entre seu domínio e o da vizinha.

Mary.

E se Mary estivesse com a boneca?

O apartamento da mulher excêntrica dava para as lixeiras, e ela passava o dia inteiro em casa. E se tivesse visto Delilah jogar a boneca fora e ido lá pegá-la?

Delilah precisava descobrir.

Fez menção de sair da cama para ir bater à porta de Mary, mas desistiu. Estava de madrugada. Acordar alguém no meio da noite era um ótimo jeito de arranjar confusão, e ela não queria confusão. Não queria que Mary entrasse na defensiva e escondesse a boneca.

Não. Precisaria esperar até amanhecer e depois tentar convencer a vizinha a entregar Ella sem criar problemas.

• • •

Quando Delilah saiu do chuveiro às sete e meia da manhã, Mary cantava sobre pinguins. Delilah colocou as roupas de academia porque achou que seria uma boa dar uma corrida após conversar com Mary, foi até a cozinha e esquentou a fatia de torta de pêssego que havia levado para casa na noite anterior. Não sabia muito sobre a vizinha, mas sabia que ela gostava de torta, especialmente de pêssego.

Delilah saiu do apartamento quando Mary começou um verso sobre ursos-polares. Quando bateu à fina porta da vizinha, a mulher se deteve no meio de uma frase sobre um iceberg e ficou em silêncio. Um segundo depois, abriu.

— Srta. Delilah! Que surpresa boa!

Mary sorriu e a puxou para um abraço.

Delilah mal teve tempo de tirar a torta do caminho antes de os braços robustos de Mary a envolverem com força e enterrarem o nariz da jovem no ombro dela. A vizinha cheirava a salsicha, doces e lavanda.

— Oi, Mary — cumprimentou Delilah, quando a mulher enfim a soltou.

Ela adentrou o pacífico oásis de inspiração japonesa que era o apartamento de Mary.

Na primeira vez em que Delilah batera à porta da vizinha para reclamar das cantorias, esperara encontrar um lugar atulhado de quinquilharias e livros. A vizinha parecia aquele tipo de mulher. Com 1,75 metro de puro desleixo e um corpo rechonchudo, Mary devia ter seus cinquenta e poucos anos. Seu cabelo era grisalho e enrolado de permanente, e seu rosto exibia, além das muitas rugas, óculos redondos de casco de tartaruga, que ficavam pousados na ponta do nariz levemente arrebitado. Ela usava camadas e mais camadas de roupas — coletes em cima de camisas em cima de saias em cima de vestidos, geralmente numa mistureba de cores que não combinavam.

No entanto, o apartamento da mulher não tinha nada a ver com ela.

— Por favor, tire os sapatos — entoou Mary, quando Delilah se esqueceu daquele detalhe.

— Ah, verdade. Foi mal.

Delilah segurou a torta com apenas uma das mãos e se equilibrou num pé e depois no outro para tirar os tênis de corrida. Acomodou os calçados no pequeno móvel logo ao lado da porta e, quando Mary a cumprimentou com uma mesura, Delilah imitou o gesto da anfitriã e estendeu a torta, ainda morna.

— Trouxe uma torta de pêssego.

— Ai, sou louca por isso!

Mary agarrou o pote de torta, fez outra mesura para Delilah e foi saltitando até a cozinha impecável para pegar hashis.

Delilah não sabia se a decoração e o estilo de vida de Mary decorriam de alguma relação com a cultura japonesa ou se a mulher só gostava de fingir que era daquele país. Nunca havia perguntado, porque parecia grosseiro falar "Ei, qual é o lance das coisas japonesas?".

Mas Delilah lera o suficiente para saber que estava sobre um tatame, que o biombo de bambu escondia a porta do quarto e que estava sendo encaminhada na direção de zabutons azuis e cinza acomodados ao redor de uma chabudai num canto da sala de estar. Sobre a chabudai, havia um bonsai retorcido num vaso anil. Além do tatame, da mesinha e das almofadas japonesas, o cômodo estava vazio.

Delilah se acomodou num dos assentos cinza e começou a duvidar da própria hipótese de que Mary havia resgatado a boneca. O que aquela mulher esquisita faria com uma boneca como Ella? Definitivamente não combinava com a decoração.

Mas Delilah também nunca vira o quarto de Mary. E se atrás da porta houvesse uma coleção de bonecas com vestidos cheios de frufrus?

Mary pousou um conjunto de chá na chabudai, ao lado de um prato cheio de biscoitos de amêndoas, o pote com a torta e os hashis. Como já havia passado pelo ritual em outra ocasião, Delilah deixou Mary servir o chá e lhe oferecer um biscoito antes de falar qualquer coisa. Enquanto a vizinha pegava um pedaço da torta com movimentos hábeis dos hashis, Delilah soltou:

— Passei numa venda de garagem superlegal outro dia.

Mary colocou o pedaço de torta na boca, fechou os olhos e mastigou como se estivesse em êxtase. Quando terminou, se inclinou na direção de Delilah e agitou os hashis diante do rosto dela.

— Coisas de segunda mão trazem energia de segunda mão. Mãos velhas, mãos ruins, mãos sem vitória. Mãos maculadas com um monte de história — entoou Mary, agitando os palitinhos de um lado para o outro, como um metrônomo indicando a batida da música.

— Você não gosta de coisas de segunda mão?

Mary pousou os hashis na mesa, agarrou a gola da blusa amarela e a puxou várias vezes para se abanar e afastar o tecido da pele, cantando:

— Pinguins, pinguins, tragam o frio para mim. Que nas coisas antigas os ursos-polares deem fim.

Delilah franziu a testa. Achara que tinha compreendido a musiquinha sobre coisas de segunda mão, mas aquela parte nova era meio confusa.

Mary soltou a blusa e voltou a pegar os hashis.

— Do nada vem um calor, sabe? — explicou ela, usando os palitinhos para partir um pedaço da massa da torta.

Delilah bebericou o chá, perguntando a si mesma o que estava fazendo ali. Como arrancaria uma resposta de Mary? Seria muito mais fácil nocautear a mulher e vasculhar o apartamento.

Ela ficou observando a vizinha comer. Mesmo que fosse capaz de deixar alguém inconsciente (e com certeza absoluta não era), Delilah não achava prudente fazer algo com Mary. A mulher não só era mais alta e maior que a jovem, como também devia saber lutar algum tipo de arte marcial ou coisa do tipo.

— O passado deixa marcas — declarou a vizinha.

— Oi?

— Nada de vendas de garagem, nada de antiquários, nada de brechós. Não quero abrir portas antigas e desatar velhos nós — cantarolou Mary.

Delilah assentiu. Tinha quase certeza de que havia entendido aquela parte. Se Mary não gostava de coisas antigas por ostentarem marcas do passado, era improvável que tivesse resgatado uma boneca do lixo.

A menos que estivesse apenas tentando enganar Delilah.

A jovem encarou Mary, que parou de comer a torta e encarou a vizinha de volta. Seus olhos eram de um verde bem claro e cheios de manchinhas amarelas, bem esquisitos. Delilah respirou fundo e se levantou.

— Preciso sair para correr — disse.

— Preciso terminar minha torta — rebateu Mary.

— Certo. Sinto muito, mas tenho que ir mesmo.

— Sem sentir, sem sentir, sem sentir. Pode ir, pode ir, pode ir — cantarolou Mary.

— Certo. Então... tchau, Mary.

Claro que a despedida da vizinha envolveu mais cantoria:

— Até mais, adeus, falou! Tchauzinho, passarinho.

Delilah acenou e praticamente fugiu do apartamento da mulher.

Na décima noite acordando à 1h35 da manhã, Delilah derrubou o abajur de tão apavorada que ficou ao tentar acender a luz. Acabou quebrando a lâmpada, e já choramingava de medo quando conseguiu pegar a lanterna na gaveta da mesinha de cabeceira e a ligou.

Tinha tanta certeza de que veria Ella ao lado da cama que gritou quando o quarto se iluminou.

Mas não havia nada ali.

Sentindo calafrios por todo o corpo, Delilah varreu o cômodo com o feixe da lanterna. O tremor das mãos dela fazia a luz vacilar pelo espaço. A cada mudança de direção da lanterna, a jovem quase tinha um treco ao acreditar que veria o rosto de Ella surgindo da penumbra.

Onde a boneca tinha ido parar?

Ella estivera ali. Disso Delilah tinha certeza.

O que mais poderia ter feito aqueles barulhos de passos baixinhos que a haviam despertado? Em seus sonhos, ela estava deitada sozinha numa rede. Depois ouvia passos, bem baixos, cada vez mais perto. Acordou no instante em que foi alcançada.

Delilah continuou apontando a lanterna de um lado para o outro. E ouviu. *Ali*. Os passinhos. Virou a luz na direção da porta do quarto. Estava aberta.

Será que ela mesma a deixara escancarada daquele jeito?

Não conseguia lembrar.

Achava que havia fechado, mas não tinha certeza.

Delilah se inclinou na direção da porta, atenta e alerta, torcendo para que os ouvidos pudessem adivinhar o que estavam escutando. Os passos vinham da sala?

Ela ouviu um estalido. Tinha sido na porta da frente?

Delilah queria ir até lá, mas ao mesmo tempo *não* queria, então acabou cedendo à inércia. Ficou onde estava, segurando a lanterna com uma das mãos e puxando os lençóis com a outra.

Ainda dedicando cada grama de esforço à tentativa de escutar melhor, teve a impressão de ouvir algo vindo do corredor do prédio. Será que tinha sido a porta de Mary se abrindo e se fechando?

Delilah hesitou por mais alguns segundos, depois saltou da cama, correu até a parede e acendeu a luz. Olhou ao redor. Estava tudo normal.

Em seguida se virou, abriu a porta do quarto e correu até a sala para acender a luz do cômodo. Mais uma vez, estava tudo nos conformes. A porta do apartamento estava fechada e trancada. Delilah estava sozinha.

Aquele era o problema, certo?

A jovem foi até o sofá e envolveu os ombros com a manta que Harper havia feito. Sentou-se de lado e puxou as pernas para perto do corpo.

No dia em que conhecera Harper, Delilah já havia se resignado a estar sempre sozinha. Claro, vivia cercada de outras crianças nos lares temporários — mas aquelas pessoas não eram sua família, não eram seus amigos. Até... até Harper chegar. Ninguém havia amado Delilah, e ela não havia amado ninguém. Não recebera amor nem dos pais que lhe tinham concedido a moradia provisória.

Ninguém a havia amado até Harper chegar. E mesmo a amiga não conseguia amá-la o bastante.

Após a morte dos pais, Delilah não achava que alguém a amaria como os dois... até conhecer Richard numa festa de Dia das Bruxas. Ela estava no último ano do ensino médio. Ele, na metade da faculdade. Trocaram olhares perto da travessa com ponche vermelho-sangue e globos oculares de mentira, e passaram o resto da noite dançando. Quando Richard decidira tirar um "ano sabático" da faculdade, havia implorado que Delilah, o "amor de sua vida", fosse junto. Ela faria dezoito anos dali a duas semanas — então esperaram e, no dia do aniversário dela, Delilah dera adeus a Harper e ao viciado em rotina Gerald, e viajara para a Europa com Richard. Era janeiro, então ele a levara para os Alpes e a ensinara a esquiar.

Por um ano e meio, os dois se divertiram pela Europa. Até que o pai de Richard finalmente dera um ultimato ao filho: já que não ia terminar a faculdade, que voltasse para casa e trabalhasse no negócio da família. Richard pediu Delilah em casamento. Os pais e a irmã do rapaz, com óbvia relutância, receberam

Delilah na família. Os dois tiveram um casamento de conto de fadas; ela se sentiu uma princesa. Depois, os recém-casados haviam se mudado para a casa de veraneio dos pais dele. Daquele momento em diante, tudo que precisavam fazer era seguir os planos. Richard subiria na hierarquia da empresa. Eles teriam bebês. Depois de um tempo, comprariam o próprio imóvel. Viveriam felizes para sempre.

Em vez disso, Delilah estava ali. Sozinha.

Ou não *tão* sozinha.

E ela não sabia o que era pior.

Todo dia, às quatro e meia da tarde, Mary deixava o apartamento para sua "caminhadinha vespertina", uma informação que Delilah nem precisara se dar ao trabalho de obter, já que as cantorias da vizinha já anunciavam todos os seus passos em alto e bom som.

Delilah passara por mais dois dias de trabalho e mais dois despertares aterrorizantes à 1h35 até ter uma folga para estar em casa no horário da caminhada de Mary. Em ambas as madrugadas, ouvira estalidos e sons que a tinham convencido de que Ella se abrigava no apartamento de Mary depois de atormentar Delilah. Tinha certeza de que a vizinha estava com a boneca, independentemente do que a mulher dissesse sobre marcas antigas em coisas de segunda mão. Então decidiu que invadiria o apartamento ao lado para procurar o brinquedo.

Esse plano só fora possível porque trabalhar num restaurante tinha algumas vantagens: era possível conhecer pessoas com uma variedade imensa de habilidades. Um dos clientes regulares do lugar, Hank, era detetive particular, e, na noite anterior, Delilah perguntara a ele quão difícil era arrombar uma fechadura.

— Depende da fechadura — respondera Hank, ajustando o colete do terno completo que sempre usava.

— Uma fechadura simples, dessas de apartamento — explicara Delilah.

— Tem trinco?

Ela balançara a cabeça. Mary não usava trinco — estava sempre cantando sobre confiança e fé.

Delilah tinha ficado apreensiva, imaginando que o detetive fosse questionar por que ela queria aquela informação, mas o homem apenas perguntara se alguém no restaurante tinha um grampo. A sra. Jeffrey, uma idosa que ia até o estabelecimento religiosamente para comer pudim de arroz, lhe emprestara um. O homem então levara Delilah até o depósito do restaurante e, em cinco minutos, ensinara a ela como arrombar uma fechadura. Por sorte, Nate não estava por perto. Não teria gostado nem um pouco de saber como era fácil violar o estoque.

Assim, graças a Hank, Delilah precisou de apenas um minuto para invadir o apartamento de Mary. Lá dentro, levou mais um minuto para se acalmar. Sentia o coração acelerado, pulando freneticamente, como óleo quente respingando numa chapa. Suas pernas também estavam esquisitas, como se estivessem tentando correr sozinhas.

Adrenalina, pensou Delilah.

Obviamente não tinha nascido para ser espiã. Já estava em pânico, e mal tinha passado da porta.

— Bom, por que você não faz logo o que precisa ser feito? — perguntou a si mesma.

Achava que não demoraria muito ali dentro. Não havia nenhum sinal de Ella na sala, a menos que pudesse ficar invisível. Assim, restavam apenas os armários da cozinha, o quarto e o banheiro.

Delilah se forçou a sair da inércia.

Como imaginara, os armários da cozinha de Mary continham poucos itens, cada um em seu lugar. A boneca não estava escondida no meio dos utensílios de cerâmica nem dentro da wok. Tampouco estava na geladeira ou no congelador.

O banheiro também não tinha quase nada. Só para ter certeza, Delilah conferiu a caixa da descarga. Não estava apenas vazia como parecia estranhamente limpa.

Delilah seguiu para o quarto. Lá, encontrou seu primeiro desafio.

Os aposentos de Mary estavam cheios de caixas organizadoras — caixas e mais caixas pretas de plástico. Cobriam todas as paredes, e duas serviam de mesinhas de cabeceira. Além delas, tudo que havia no quarto era um futom e um travesseiro.

Delilah conferiu o relógio. Tinha cerca de quarenta minutos até Mary voltar. Queria terminar em trinta ou menos, só por garantia, então começou a vasculhar.

Ao longo dos trinta e cinco minutos seguintes, descobriu muito sobre Mary. Soube que a mulher tinha sido professora, que era viúva, que fazia ou tinha feito bijuterias, que amava musicais, que vinha de uma família de três filhos e que ela própria tivera um filho que havia morrido num incêndio. Delilah pensou que aquilo dava à vizinha o direito de ser meio excêntrica.

Mary também tinha um notebook, que aparentemente usava para assistir a filmes, além de uma máquina de escrever, que usava para compor suas canções. Os registros preenchiam sete das cinquenta e três caixas de plástico.

Delilah se movia tão rápido que depois das onze primeiras já estava pingando de suor, mas conferiu todas. A boneca não estava em nenhuma.

Ela desistiu. Já estava a caminho da porta quando voltou e, com cuidado, cutucou o futom e o travesseiro. Eram os únicos lugares onde a boneca poderia estar escondida, mas nenhum sinal de Ella ali também.

Delilah olhou ao redor só para garantir que devolvera todas as caixas ao lugar. Esperava ter deixado tudo na ordem certa.

Mesmo que não tivesse, precisava ir embora. Naquele instante. Já havia ultrapassado muito de sua margem de segurança.

Voltou para seu apartamento bem na hora. Assim que fechou e trancou a porta, ouviu a voz cantarolante de Mary entoar:

"Sangue correndo, coração batendo saudável, que alegria! Bora!"

Delilah se apoiou na porta, depois escorregou até se sentar no chão. Estava exausta e aturdida. Se Mary não estava com a boneca, quem estaria? E por que Ella não a deixava em paz?

Na décima terceira noite daquele inferno de privação de sono, Delilah ouviu um alarme de verdade à 1h35. Tocou tão alto que ela sonhou que era atacada por uma abelha imensa. Estava fugindo da criatura quando abriu os olhos, estendeu a mão e segurou com força o abajur comprado numa venda de garagem. Era feito de metal, com lâmpadas de LED. Não ia quebrar.

Delilah, por outro lado, estava um caco.

Na noite anterior, havia cogitado — sem muita esperança — a possibilidade de ter sobrevivido a uma espécie de Doze Noites de Ella, uma espécie de Doze Noites Santas. Talvez aquilo simplesmente fosse chegar ao fim. Delilah não sabia muito bem por que a provação havia começado, então poderia acabar do nada. Certo?

Errado.

Não acabaria. Na verdade, Delilah ainda conseguia ouvir o barulho, uma espécie de zunido agudo. Será que estava de fato ouvindo os tais barulhos ou havia algo de errado com sua audição? Como era mesmo o nome daquele problema? Acufeno? Um dos fregueses que vivia aparecendo no restaurante para se queixar de suas doenças e bradar que o mundo estava perdido havia mencionado que tinha isso. O sujeito dissera que o ouvido zumbia o tempo todo. Delilah não ouvia exatamente um zumbido, era mais um...

Um nada. Tinha parado.

Ela se virou para o lado e afundou o rosto no travesseiro. Por que Ella não a deixava em paz? E onde a boneca estava?

Se pudesse destruir o maldito brinquedo, aquilo pararia, mas não tinha como destruir o que não conseguia achar. Um dia depois de vasculhar o apartamento de Mary, Delilah começara a cogitar a possibilidade de um de seus outros vizinhos ter resgatado o brinquedo do lixo. Passara três horas batendo à porta de todos os apartamentos do prédio para perguntar se alguém havia encontrado Ella. Ficou chocada quando ninguém atendeu em oito deles. As pessoas pareciam realmente não saber nada da boneca. Nos dois dias seguintes, havia conseguido falar com os moradores restantes e descobrira que o último apartamento estava sem inquilino.

À 1h45 da manhã seguinte, Delilah arrombou a fechadura do apartamento vazio e procurou Ella lá dentro. Nada.

O pior é que Delilah não só acordava à 1h35 toda madrugada, como também ficava *aterrorizada* à 1h35 toda madrugada. Noite após noite, algum som, cheiro ou sensação a arrancava do sono e a jogava de novo no estado de vigília. Pela primeira vez na vida, estava com dificuldade para dormir — um problema que tinha duas facetas.

Primeiro, ela não conseguia mais pegar no sono à noite. Em vez de sentir o corpo relaxar assim que caía na cama, como acontecia antes, sentia o nervosismo se multiplicar assim que se acomodava. No instante em que a cabeça tocava o travesseiro, Delilah era tomada por um desespero avassalador. Parecia que seu coração estava prestes a explodir. Ela suava e tremia. A garganta quase fechava. Numa hora sentia um frio congelante, em outra, um calor extremo. Não conseguia respirar direito.

Na segunda noite com essas reações, a décima quinta de todo o martírio, Delilah ligou para Harper.

— Acho que vou morrer — disse à amiga.

— Calma, me explica o que está acontecendo. Mas em dois minutos. Vou entrar no palco já, já — respondeu Harper.

— Ah, foi mal.

— Um minuto e cinquenta e cinco segundos. Fala.

Delilah descreveu o que estava sentindo.

— Isso é um ataque de pânico. Os últimos dias têm sido muito estressantes?

—Você não vai acreditar se eu contar.

— Manda ver, mas em um minuto.

Então Delilah desfiou a versão abreviada da tortura da 1h35 da manhã.

— Por que está dando tanta bola para isso? Você está acordando todas as noites no mesmo horário, e daí? É só voltar a dormir.

—Você não está entendendo...

— Pelo jeito, não estou mesmo. Que tal você tentar de novo amanhã?

Harper desligou.

Quando chegava a hora de entrar no palco, não tinha o que fazer.

Sozinha de novo, Delilah pesquisou mais sobre ataques de pânico na internet. Encontrou várias sugestões de como lidar com a situação: respirar fundo, relaxar os músculos, fazer a mente focar algo, visualizar um lugar feliz. Botou em prática as duas primeiras sugestões e conseguiu dormir, mas, à 1h35 da madrugada, acordou com o barulho do trinco da porta sendo aberto. Saltou da cama e atravessou o apartamento para deter o intruso. Mas não havia ninguém — o trinco estava intocado. O pânico voltou.

Aquilo a levava à segunda faceta da sua dificuldade de dormir: as incursões noturnas de Ella em seu sono faziam Delilah se sentir violada e a deixavam petrificada. Mesmo após os barulhos sumirem e a casa retornar ao silêncio de antes, ela continuava apavorada, tremendo de medo. Precisava usar as mesmas técnicas de respiração e relaxamento muscular para voltar a dormir, e as duas coisas pareciam estar perdendo a eficácia.

Mas Delilah continuou tentando. Deitada de costas, contou as respirações. Estava na 254 quando o sono começou a envolvê-la novamente. Perto da respiração 273, finalmente voltou a dormir.

— Então você acha que essa boneca está... o quê? Assombrando você? — perguntou Harper.

A amiga bebericou o espresso e agitou o rabo de cavalo longo e alto, que combinava com o vestido florido estilo anos 1950.

— Não. Não *assombrando* — retrucou Delilah. — Ela não é um fantasma. Não está possuída nem nada assim. É uma tecnologia. Acho que está com algum defeito.

— E mais o quê? Ela é invisível? Conseguiu as chaves do seu apartamento? Consegue atravessar paredes? — Harper ergueu as mãos, e os inúmeros braceletes em seus punhos chacoalharam. — Quer dizer, uma coisa é tecnologia, outra é magia. O que você está descrevendo vai um pouco além de tecnologia, não acha? Especialmente considerando que é uma boneca antiga.

Delilah franziu a testa e balançou a cabeça, irritada. Já se fizera aquelas mesmíssimas perguntas, mas não chegara à conclusão alguma. Sua teoria de que aquele tormento todo não passava de um mau funcionamento da boneca não fazia sentido, mas então como explicar o que estava acontecendo?

— Já procurou o significado do número em si? — perguntou Harper, então olhou para o balcão e deu uma piscadela para um rapaz bonito que pedia um latte. Voltando a atenção para Delilah, acrescentou: — Talvez seu inconsciente esteja tentando dizer algo para você.

— Tipo o negócio do 333?

Harper deu de ombros.

— Todo número tem um significado, uma ressonância.

— Aham — disse Delilah, cética.

Harper era meio maluquinha desde que as duas tinham se conhecido. "Sou um espírito livre e tenho um sexto sentido dos bons. Você vai ter que aceitar", dissera Harper na primeira vez em que Delilah havia rido de um dos hiperfocos místicos da amiga.

— Não estou brincando. Vamos ver. — Harper tirou o celular do bolso e digitou algo. — Certo. Aqui. Ah, caramba, que interessante.

A amiga ergueu o olhar.

— Eu não ligo. Não quero saber. Não acredito nessas coisas — cortou Delilah.

Harper deu de ombros.

— Bom, não falo mais nada. Quem vai morrer é você.

Naquela noite, as respirações profundas não ajudaram Delilah a dormir. Depois de uma hora estirada na cama, exausta, mas ainda atordoada demais para cair no sono, ela se sentou. Pegou o travesseiro e a manta e foi para a sala. Ali, encolhida no sofá, envolta pela coberta, adormeceu depois de alguns segundos.

Acordou com o barulho de algo se arrastando pelo teto.

Abriu os olhos de repente. Pegou a lanterna e apontou a luz para cima, esperando ver Ella suspensa sobre sua cabeça. Dava até para ouvir unhas raspando o gesso.

Mas Delilah não viu nada. Nada de nada. Varreu o teto todo com o feixe de luz e tentou ouvir com atenção.

Seu corpo se retesou quando ela iluminou o canto do teto, onde parecia haver algo rastejando pela parede. Delilah semicerrou os olhos, como se aquilo fosse ajudá-la a ver através da matéria. Óbvio que não serviu de nada.

Assim como dormir no sofá.

Mudar de cama não impediu que a boneca acordasse Delilah à 1h35, mas pelo menos no sofá a jovem parecia conseguir voltar a dormir com mais facilidade. Depois que o som assustador de algo se arrastando pelo chão foi para a cozinha, Delilah conseguiu tranquilizar a respiração e adormecer de novo.

Mas, na noite seguinte, o sofá perdeu a serventia. Primeiro porque Delilah demorou para cair no sono tanto quanto demorava no quarto. Segundo porque o sofá não impediu que ela sentisse um toque leve no ombro à 1h35.

Delilah nem precisou acender as luzes quando acordou, já que nem as tinha apagado. Não ver Ella assim que despertava mostrou a Delilah como sua nêmesis era poderosa. A boneca conseguia sumir num piscar — ou abrir — de olhos.

A jovem sabia que Ella desaparecia rápido daquele jeito porque a boneca *havia* estado ali. Não tinha outra alternativa. Algo tocara Delilah, e com muita leveza. Um toque tão leve quanto a pele de Ella. Pequenos dedinhos. Apenas um roçar no ombro de Delilah, coberto pela camisola. Não mais que uma sugestão de contato. Ainda assim, fora o suficiente para transformar seu estômago numa maçaroca de pavor e fazer seu sangue virar nitrogênio líquido. Delilah sentia como se estivesse sendo congelada e quebrada de dentro para fora.

Logo se levantou, agarrando a manta e o travesseiro. Não podia mais ficar ali.

Olhou ao redor, como uma gazela à procura de um lugar fora do alcance do leão. Observou a porta do banheiro. Correu para lá e, com o cobertor e o travesseiro, foi para dentro da banheira. Então se encolheu o máximo que pôde e cobriu a cabeça.

Na noite seguinte, foi direto para a banheira. Mesmo assim, Ella a encontrou. À 1h35, Delilah ouviu algo se movendo pelos canos embaixo da banheira. Com a certeza de que a mão da boneca quebraria a porcelana e agarraria seu pé, Delilah saltou para fora e correu para o canto do banheiro, perto da porta, onde passou as quatro horas seguintes tentando respirar. Nem tentou dormir.

Às 5h35, Delilah se vestiu e foi para o restaurante. Nate estava — como ela já sabia que estaria — assando biscoitos e rosquinhas de canela.

— O que está fazendo aqui? — perguntou o chefe quando Delilah pisou na cozinha. — Achei que ter colocado você sempre no mesmo turno tinha resolvido a confusão com os horários. Agora você deu para aparecer em turnos que não são seus em vez de se atrasar para os que são.

Nate cortou a massa em quadrados perfeitos e começou a depositar um a um em fileiras cuidadosas.

O cheiro no restaurante era gloriosamente ordinário. O aroma de café se misturava ao de leitelho e canela. Os sons também eram reconfortantes e normais. Alguns rostos conhecidos discutiam o clima no balcão. Uma das garçonetes assoviava. O motor do refrigerador zumbia.

— Preciso que você me coloque no turno da noite — declarou Delilah.

Ele parou o movimento no meio, então se virou e ergueu as sobrancelhas.

— Está de brincadeira comigo?

Delilah balançou a cabeça.

— Estou tendo problemas para dormir. É... Bom, é uma questão minha. Acho que, trabalhando à noite, vou conseguir dormir durante o dia. Sei que a Grace odeia ficar com o turno da noite. Ela adoraria trocar comigo, tenho certeza.

— Você gerencia tudo melhor. Gosto de saber que está aqui nos horários mais lotados.

— Valeu.

— Não é um elogio. É uma constatação e uma reclamação.

— Você é só um ursinho de pelúcia embaixo de todo esse mau humor — comentou Delilah.

Era verdade. Nate sempre se queixava dos empregados, dos fregueses e do estabelecimento num geral, mas amava todos.

— Se você contar para alguém, vou ter que te matar.

Delilah fingiu que estava fechando a boca com um zíper.

Nate suspirou.

— Certo. Considere trocado. Mas faça o possível para resolver essa sua "questão".

— Valeu.

— Esteja aqui às dez da noite. E *não se atrase*.

—Vou comprar dois despertadores novos agora mesmo.

— Essa é minha garota.

Delilah não sabia como não tinha pensado naquilo antes. Como Ella a perturbaria de madrugada se Delilah já estivesse acordada? Não havia como a boneca ir atrás dela no restaurante. Então, tudo que Delilah precisava fazer era trabalhar à noite até Ella ficar sem bateria ou coisa do tipo. Problema resolvido.

Delilah não gostava do turno da noite, mas estava tão animada com o plano de se livrar de Ella que chegou ao trabalho no melhor humor dos últimos tempos. Estava com um semblante tão feliz que, quando bateu o cartão às cinco para as dez da noite, Glen, o cozinheiro do turno, perguntou se ela estava bem.

— Liberdade, Glen. Estou sentindo o cheiro da liberdade — disse ela.

— Estou é sentindo o cheiro de você sendo esquisita — retrucou ele, mas abriu um sorriso afetuoso.

Glen era um rapaz corpulento, e sua barriga às vezes pegava fogo quando encostava na boca da grelha. Delilah achava que ele devia ser bem novo, talvez uns vinte e tantos anos. Tinha um rostinho de bebê, costeletas que iam quase até o queixo e olhos castanhos gentis. Delilah gostava de trabalhar com ele.

Por três horas e trinta e nove minutos, Delilah se sentiu ótima. Papeou com os clientes da madrugada, deixando alguns caras flertarem com ela. Nem se incomodou com os casais que sempre apareciam no restaurante tarde da noite — e que a faziam se sentir desesperadamente solitária.

À 1h34, Delilah entrou na câmara frigorífica para pegar um pedaço de queijo e um pouco de alface. Por alguma razão, saladas estavam em alta naquela noite.

Estava se abaixando para alcançar o cheddar quando ouviu um alarme soar na cozinha. Ao se levantar, bateu a cabeça na prateleira. Ignorou a dor e olhou para o relógio. Uma e trinta e cinco da manhã.

Correndo para fora da câmara, Delilah começou a andar em círculos pela cozinha.

— De onde está vindo? — gritou.

Da grelha, Glen olhou para ela. Jackie, uma das garçonetes, derrubou um prato e encarou Delilah com os olhos azuis arregalados.

— De onde *o que* está vindo?

— Isso!

O alarme era similar ao instrumento de tortura que Gerald usava. Tinha a mesma sequência de toque, zumbido, ruído estridente e ondulação.

Delilah correu até a fritadeira e olhou para os controles. Não, nada disparado. Conferiu os fornos: não estavam sendo usados. Entrou na salinha de café dos funcionários, mas o som não vinha dali. Vinha da cozinha. A jovem voltou para o meio do labirinto de aço inox e começou a vasculhar panelas, frigideiras e utensílios. Seus movimentos eram erráticos e caóticos. Quando Delilah tirou a terceira caçarola do caminho, Glen a segurou pelo braço.

— Ei, dona Delilah, perdeu a cabeça, foi?

— Como assim? — Ela tentou se desvencilhar de Glen. — Não. Você não está ouvindo o...

O som tinha parado. Delilah ficou em silêncio e prestou atenção, mas tudo que conseguia ouvir eram os ruídos normais do restaurante.

Olhou para Glen e para Jackie, que ainda encarava Delilah como se ela tivesse se transformado num elefante.

—Vocês dois não ouviram? — perguntou ela.

— Ouvi só você gritando e jogando panelas de um lado para o outro — respondeu Glen.

Delilah se virou para Jackie. A garota era um ano ou dois mais nova que ela, parecia meio insegura e usava óculos azuis com lentes que faziam seus olhos parecerem permanentemente arregalados. Jackie fez que não.

— Não ouvi nada. Quer dizer, além de… humm… você e… digo… as coisas normais.

Aquilo não podia estar acontecendo.

Como era possível que Ella a tivesse seguido até o trabalho?

Bom, mas também por que *não* teria seguido? A boneca já não tinha mostrado que era capaz de fazer praticamente qualquer coisa?

Era uma situação bizarra demais. Aquilo era só uma prova de que a tecnologia às vezes saía do controle. Certo?

—Você vai ficar bem? — perguntou Glen.

Delilah assentiu.

—Vou.

E achava que ficaria mesmo. Pelo menos dormir não era mais uma possibilidade, já que seu coração estava tão acelerado que ela tinha certeza de que Glen e Jackie conseguiam ouvir seus batimentos e só não comentavam nada porque eram educados demais.

Então o plano dela não tinha funcionado, mas a parte boa era que poderia usar a energia despertada pela adrenalina para trabalhar em vez de ter que lutar contra o nervosismo para conseguir dormir. E talvez, na noite seguinte, se já estivesse preparada para ouvir o alarme, pudesse simplesmente ignorá-lo e continuar trabalhando. No fim, seu plano ainda tinha chance de funcionar.

Na segunda noite de trabalho, Delilah fez questão de não estar sozinha à 1h35. Grudou em Glen, que não pareceu se importar. Mas, mesmo com o cozinheiro, Delilah se sentiu tomada pelo pânico.

Não dava para controlar. Naquela noite, pela primeira vez não apenas ouviu ou sentiu alguma coisa: ela *viu* algo. Vislumbrou um lampejo de azul-claro quando Jackie abriu a porta da câmara frigorífica. Quando presenciou o que tinha certeza de que era Ella saindo do refrigerador, Delilah gritou e se espremeu contra o cozinheiro. Ele novamente não pareceu ligar, mas perguntou por que estava berrando. Delilah não soube o que responder.

À uma e meia da terceira madrugada do turno novo, ela estava atrás do balcão. Pensou que se ficasse no salão, longe da câmara frigorífica, não se assustaria com o que quer que acontecesse.

Quando a sra. Jeffrey — a cliente do pudim de arroz — chegou ao restaurante, Delilah ficou animadíssima. Poderia servir a mulher, e aí os minutos voariam e logo seria 1h36.

— Oi, Delilah.

A sra. Jeffrey se sentou numa das banquetas estofadas diante do balcão. Estava com os olhos inchados.

A jovem se aproximou da mulher.

— Oi, sra. Jeffrey. Não está dormindo bem?

A mulher tentou ajeitar o cabelo bagunçado.

— Pelo jeito, está estampado na minha cara. Espero que ainda tenha um pouco de pudim de arroz.

— Com certeza. Vou só...

Delilah se deteve. Olhou para trás, para a cozinha, e checou o relógio. Marcava 1h33.

Onde Jackie estava?

De jeito algum iria até o refrigerador. Tinha certeza de que Ella estaria lá, à sua espera.

— Jackie? — chamou, mas ninguém respondeu. — Jackie!

A cabeça de Glen apareceu na porta.

— Algum problema aí?

Delilah tentou se acalmar. Estava prestes a ter uma crise de ansiedade e não queria que a freguesa e seus colegas presenciassem aquela cena.

A jovem olhou para a sra. Jeffrey, que estava com os olhos castanhos arregalados.

— Foi mal — disse Delilah. — É só que...

Ela congelou quando a banqueta ao lado da sra. Jeffrey começou a girar de um lado para o outro. Quando Delilah piscou, se deu conta de que era Ella sentada ali, brincando na banqueta.

— Para com isso!

Delilah se debruçou no balcão e segurou o assento.

Bem nesse momento Jackie chegou ao salão. Delilah a encarou, e só então se deu conta de que estava esparramada na bancada com a bunda para cima, o que explicava a expressão de choque da garçonete.

—Você está bem, querida? — perguntou a sra. Jeffrey.

Delilah se afastou do balcão.

— A senhora não viu a boneca na banqueta? — perguntou Delilah.

— Boneca? É só a minha bolsa, meu bem.

A sra. Jeffrey deu tapinhas numa bolsa azul-clara no assento ao lado dela.

Delilah recuou e conferiu o relógio. Óbvio que era 1h35.

Na noite seguinte, algo similar aconteceu. Delilah ficou no salão, mas sofreu um novo baque à 1h35 quando viu algo se mover perto da lixeira ao lado do balcão. Querendo acreditar que era só um rato (mesmo que fosse horrível para o restaurante), usou um garfo para revirar o lixo. Não encontrou roedor algum, mas achou um frufru rosa que a fez derrubar o utensílio e dar um pulo para trás. Conseguiu conter o grito, mas foi até os fundos do restaurante e espalhou o lixo no chão. Não havia sinal algum de Ella, que, como sempre, havia sumido num piscar de olhos.

Delilah simplesmente não conseguia controlar as próprias reações. Sabia que Glen e Jackie estavam de olho nela, mas isso não era suficiente para acalmá-la.

Até que chegou o quinto turno da noite.

O plano ainda não tinha funcionado muito bem, mas Delilah ainda achava que o lugar mais seguro do restaurante era o salão. Ela fazia o possível para evitar ambientes fechados, como a câmara frigorífica, o estoque e o escritório de Nate.

À uma e meia da manhã da quinta madrugada, o restaurante estava quase sem clientes. Delilah e Jackie enchiam saleiros e pimenteiros. Delilah escolhera o sal; Jackie tinha ficado com a pimenta. Estavam com uma bandeja cheia de potinhos, diante de uma das janelas da frente do restaurante, sentadas de lados opostos da mesa. Enquanto trabalhavam, Jackie tagarelava sobre as aulas da faculdade. Delilah tentava prestar atenção, mas mentalmente estava contando os minutos.

O que aconteceria naquela noite?

Delilah sentia todos os músculos e articulações rígidos de medo.

No entanto, quando viu algo azul-claro correndo pelo estacionamento, seus músculos e articulações entraram em ação. Ela deu um salto, derrubando a bandeja cheia de saleiros e pimenteiros no chão com um estrondo, e disparou pela porta da frente até o estacionamento, à procura do vestido de Ella.

Tinha certeza do que havia visto. Era a barra cheia de franjas do traje bufante da boneca. Ela estava ali. Estava de olho em Delilah.

Como não viu Ella em lugar algum, decidiu olhar embaixo de dois carros parados na extremidade do estacionamento. Estava se inclinando para conferir embaixo do primeiro quando algo segurou seu ombro.

Delilah gritou.

—Tudo bem. Tudo bem. Está tudo bem.

Era Glen. O rosto do rapaz parecia pálido à luz bruxuleante.

—Você viu? — perguntou Delilah.

—Vi o quê?

Ela encarou o cozinheiro, que estava com uma expressão muito preocupada.

Delilah se jogou nos braços dele e começou a chorar.

Delilah ficou impressionada por ter passado vinte e três madrugadas de horror sem cair no choro. Na verdade, mal tinha notado nisso.

Mas, quando começou a chorar, não conseguiu mais parar. Chorou tanto que, depois de entrar com ela, Glen ligou para Nate e pediu que ele fosse até o restaurante. Quando o proprietário chegou, Jackie varria os cacos de vidro do chão. Delilah estava sentada numa banqueta preta, tentando controlar os espasmos, e Nate foi falar com Glen e Jackie. Ela não conseguia ouvir a conversa dos dois, mas achou que devia se pronunciar também. Ficou de pé.

— Venha comigo — pediu Nate.

Ótimo. Ele a estava levando para o escritório. Lá, ela poderia explicar o que estava acontecendo.

Ou não. Assim que entrou no cômodo, Nate fechou a porta.

— Sinto muito, Delilah, mas vou precisar demitir você.

Delilah o encarou com olhos arregalados que pareciam feridos e arranhados.

— Não me olhe assim — continuou o proprietário, dando a volta na mesa e se largando na cadeira de couro.

Delilah contorceu a boca, tentando não soluçar.

— Eu dei todas as colheres de chá possíveis quando você chegava atrasada. Arranjei um jeito de contornar sua "questão", mas isso já é demais. A Jackie disse que você está agindo de um jeito "superestranho" — ele fez aspas com as mãos — já faz quatro noites. E agora isso. Não posso manter uma funcionária que surta com os fregueses e quebra bandejas cheias de saleiros e pimenteiros.

— Nate, eu...

— Não. Não quero ouvir nenhuma historinha triste. Não sou seu pai. Se tem alguma coisa por trás do que você fez hoje à noite, sua obrigação é resolver isso sozinha, fora do restaurante. É uma ótima funcionária quando está aqui e focada, mas não posso assumir os riscos de tomar um processo caso você continue se comportando assim. — Ele coçou a barba. — Vou pedir para alguém entregar seu último pagamento amanhã.

Delilah ficou parada diante da velha mesa desgastada de Nate, fitando as pilhas organizadas de papel sobre o tampo. Então se virou. Não imploraria pelo emprego.

Ao ir embora do restaurante, já nem pensava mais na demissão. Só conseguia pensar em Ella.

A situação estava ficando cada vez pior. Como Delilah faria para passar pela próxima madrugada?

Quando Richard pedira para Delilah sair da casa de veraneio dos pais, ela não tinha para onde ir, então havia batido na casa de Harper. A amiga a recebera de braços abertos, mas, infelizmente, morava numa república com outros dez atores pobretões. Tudo que tinha a oferecer era metade de um colchão de casal no chão do que já tinha sido um closet imenso (imenso para um closet, não para um quarto). Harper amava seu "refúgio". Tinha uma cama e um espaço para suas roupas nos cabideiros e prateleiras. Já Delilah odiava o lugar minúsculo e claustrofóbico. Além disso, a amiga roncava e falava dormindo. Delilah ficara três noites com Harper e depois comprado o apartamento com o dinheiro que Richard lhe dera.

Assim, o fato de ter ligado para Harper assim que chegou do trabalho, perguntando se podia ficar com a amiga por algumas noites, dizia muito sobre seu estado mental.

— Claro — respondeu Harper. A gente pode fazer uma festinha do pijama. Você nem vai perceber quando der 1h35.

Delilah queria acreditar naquilo. Tentou com todas as forças acreditar naquilo.

Naquela noite, Harper estava atuando, como fazia seis vezes por semana, então deixou Delilah aos cuidados de um de seus colegas de república — um rapaz esquisitinho chamado Rudolph, que passou a tarde e a noite ensinando Delilah as regras de um jogo de cartas que tinha criado. Ela não entendera muito bem, mas precisava admitir que era divertido. Além disso, Rudolph era engraçado e gente boa.

Quando Harper chegou em casa, quase meia-noite e meia, Delilah estava se sentindo surpreendentemente relaxada.

— Agora chega — falou Harper, puxando Delilah para longe de Rudolph, que pareceu decepcionado. — Ela não é seu bichinho de estimação, Rudy.

Ele fez beicinho, depois sorriu para Delilah, que seguiu a amiga em direção ao andar de cima.

— Tenho umas comidinhas — comentou Harper. — Coisas salgadas. Apropriadas para manter bonecas tecnológicas irritantes bem longe.

O estômago de Delilah deu um duplo tuíste carpado à menção da palavra "boneca".

Harper guiou Delilah para o "quarto" dela, jogou várias embalagens de salgadinhos e biscoitos no colchão e acrescentou:

— Preciso tirar a maquiagem. Já volto.

Delilah se sentou na cama, abriu uma caixinha de biscoitos de queijo e mordiscou um. O estômago dela continuou se revirando.

Quando Harper voltou, passou um tempão contando histórias sobre a apresentação da noite.

— Primeiro o Manny esqueceu a fala dele, depois disse a *minha* — explicava ela, devorando um saco de batatinhas sabor barbecue. — Imbecil. Eu precisei pensar rápido, então tasquei um beijão nele.

— Era algo que a personagem faria?

— Minha personagem é toda biruta, então qualquer coisa é meio algo que ela faria.

Delilah conferiu a hora. Faltavam cinco minutos para uma da manhã.

— Ei, por que você olhou o relógio? — Harper puxou o braço da amiga. — Me dá isso aqui.

Harper tirou o relógio de pulso de Delilah e o enfiou embaixo do travesseiro. Bem, ela não precisaria daquilo mesmo. Saberia quando fosse 1h35.

— Nada de relógio. Nada de 1h35 — disse Harper, batendo as palmas como se dissesse "pronto, resolvido".

Delilah bem que queria que fosse fácil assim.

Mas não era: ela soube exatamente quando o horário chegou, porque, de repente, uma voz disse:

— Está na hora.

A garota se sobressaltou, batendo a cabeça no cabideiro acima do colchão.

— O que foi? — perguntou Harper.

— Você ouviu isso? — indagou ela ao mesmo tempo que a amiga, retraindo-se.

Depois ambas falaram juntas de novo:

— Como assim? — disse Delilah.

— Ouvi o quê? — perguntou Harper.

As duas ficaram em silêncio. Delilah ainda conseguia ouvir a voz de Gerald repetindo "Está na hora" em seu ouvido.

Olhou para a amiga.

— Você ouviu? — insistiu ela.

Harper franziu a testa.

— Não ouvi nada além das músicas de velho do Raul e do filme que Kate e Julia estão vendo lá embaixo.

— Você não acabou de imitar o Gerald?

— Eu estou sentada aqui na sua frente. Comendo batatinha. Como posso ter imitado o Gerald?

Harper jogou um salgadinho na boca para dar ênfase à sua afirmação e mastigou de forma exagerada.

Delilah balançou a cabeça. Notou que estava tremendo, cerrando os dentes com força para não bater o queixo.

— Então a Ella está com você.

— Oi? — retrucou Harper.

O pescoço de Delilah estava começando a doer por causa da posição desajeitada embaixo do cabideiro. Sentia as pernas fracas. Ela se deitou na cama.

— Você sabe como é o jeito de falar do Gerald — disse Delilah.

— E daí?

— E daí que pode ter programado a Ella para soar como ele, gravar uma imitação da voz dele ou coisa assim.

Harper jogou a embalagem de batatinhas para o lado e se inclinou na direção de Delilah.

— Só quero confirmar que entendi o que você está falando. — Ela semicerrou os olhos. — Está insinuando que peguei sua boneca esquisita, dei um jeito de consertar e gravei uma imitação do Gerald para tocar para você? É isso mesmo?

Delilah negou com a cabeça.

— Não? — rebateu Harper. — Então o que está falando?

— Só estou querendo dizer que...

— Você está doida, é isso. Não estou com aquela porcaria de boneca. Nunca nem vi. E se eu tivesse *visto* a coisa e *pegado para mim*, com certeza não teria gravado algo para assustar você. Por que eu faria isso?

— Sei lá. — Delilah encarava as mãos, sentindo-se boba. Por que a amiga faria aquilo? Então se lembrou da voz que ouvira. Quem, além da amiga, poderia ter feito aquilo? — Eu que pergunto. Por que ia fazer algo assim?

— Eu não fiz nada! — gritou Harper.

Delilah se retraiu e então sussurrou:

— Mas não tem outra explicação.

Harper a encarou.

— Caramba. Del, você está completamente surtada. — Ela empurrou o saquinho de batatas para fora da cama e se virou de costas para a amiga. — Vou dormir.

— Sorte a sua...

— É só você querer. Para de colocar coisa na cabeça — retrucou Harper.

— Não sou eu. É a Ella que está na minha cabeça.

Harper suspirou, e em pouco tempo sua respiração já estava mais devagar e suave.

— Queria eu dormir fácil assim... — murmurou Delilah.

No dia seguinte, Delilah passou a maior parte do tempo com Harper e o pessoal da república. Como só tinha conseguido pregar o olho às sete da manhã e a amiga a havia acordado ao se levantar às dez, estava quase caindo de sono. Parecia que seu cérebro tinha sido substituído por algodão-doce.

Ao se levantar, Harper tinha esquecido ou perdoado as acusações de Delilah. Não falou nada sobre o que acontecera e passou o dia feliz e animada como sempre. Delilah não mencionou mais Ella nem nada relacionado à boneca, mas decidiu que não passaria a noite na república. Partiria enquanto Harper estivesse no teatro.

Não sabia para onde iria até entrar no carro, às 4h35 da tarde. Foi quando teve uma ideia brilhante: ela se hospedaria num hotel ou em uma pousadinha do outro lado da cidade. Ella não a encontraria lá. Tampouco outras pessoas, como Harper. Delilah não usaria um nome falso nem nada do gênero, mas a amiga não tinha uma linha de pensamento lá muito objetiva, não a ponto de vasculhar pousadas de beira de estrada para descobrir se Delilah estava hospedada numa delas.

Assim, às 6h15 da noite, depois de comer um hambúrguer com batatas fritas, ela fez check-in num hotel chamado Cama & Café nas cercanias da região mais degradada da cidade. A qualidade do lugar ficava evidente tanto pela criatividade do nome quanto pela placa velha na entrada que anunciava "uma cama e uma televisão em cada quarto".

— Uau, quanto luxo — disse Delilah ao estacionar no mato que crescia entre as rachaduras do asfalto.

Pelo menos o preço era justo. Prendendo a respiração para não sentir o fedor de água sanitária e repolho refogado que pairava na recepção do estabelecimento, toda pintada em tons de marrom, Delilah pagou por três noites. O valor total nem fez cócegas no limite do cartão de crédito, o que a deixou feliz. Ela também ficou satisfeita por ter pegado um quarto na extremidade mais distante do prédio baixo e longo, afastado dos barulhos do trânsito. A recepcionista robusta nem ligou para Delilah. Estava ocupada demais assistindo a um documentário sobre aranhas na televisão presa à parede perto do balcão.

O quarto velho do hotel estava surpreendentemente organizado e limpo. Decorado nos mesmos tons feios de marrom da recepção, não era o que dava para chamar de lindo, mas era cheirosinho e funcional. A cama era até confortável.

As únicas outras superfícies do lugar onde dava para se sentar eram duas cadeiras simples cobertas com uma proteção de tecido, então Delilah se largou na cama assim que trancou a porta e deixou as coisas no nicho baixo do outro lado do quarto. Ficou grata ao notar que o estabelecimento era muito isolado: o único sinal do trânsito pesado na estrada era um burburinho distante. Tirando isso, Delilah não conseguia ouvir mais nada. Tinha achado que assistiria a um pouco de televisão depois que se instalasse, mas estava tão cansada que arriscou deitar a cabeça no travesseiro. Tensa, esperando os sintomas familiares de um ataque de pânico, ficou radiante quando sentiu apenas exaustão.

Fechou os olhos.

E o sono a levou para longe do quarto de hotelzinho e para dentro da promessa — ou mau agouro — do mundo dos sonhos.

O som invadiu o mundo onírico como uma aranha rastejando pelas sinapses, deixando trilhas de teia pelos caminhos neurológicos. Era um som áspero, como se houvesse algo se arrastando por uma superfície rugosa.

A mente dela não foi capaz de interpretar e integrar o barulho ao sonho, onde Delilah cavalgava livremente. Então o cavalo em que estava montada a jogou da cela, e ela se viu cara a cara com a aranha.

Delilah gritou, e o grito a levou de volta para o estado de vigília.

Quando abriu os olhos, notou que ainda estava berrando. Fechou bem a boca e mordeu a língua. Queria se levantar e correr, mas não conseguia. Estava paralisada.

Espera. Estava mesmo acordada?

Achava que estava.

Acima dela, algo se arrastava pelo teto. Fazia um som similar ao que ela tinha ouvido no sonho, mas pior. Não era só o de uma aranha seguindo sua vidinha. Era um barulho estratégico. Começava. Parava. Ia para um lado. Ia para o outro. O ruído de algo procurando uma presa, indo atrás dela. O ruído de algo com um objetivo.

E Delilah sabia que o objetivo era *ela*.

A boneca a havia encontrado e só estava procurando um jeito de entrar no hotel.

Gemendo como um gatinho perseguido por um coiote, Delilah se debatia na tentativa de livrar os membros do que quer que a estivesse mantendo imobilizada. Mas continuava presa à cama. A única coisa que conseguia mover era a cabeça. Então virou o pescoço e olhou para o relógio digital na mesinha de cabeceira. Era, obviamente, 1h35 da manhã.

Assim que Delilah viu a hora, conseguiu se mexer. Ela se livrou da colcha, com a qual tinha se engalfinhado enquanto dormia, então se levantou da cama e se agachou rente à parede da porta, olhando para cima.

O teto estava iluminado pela luz vermelha de uma placa de neon de uma construção vizinha, como uma mancha de sangue, e as lâmpadas fluorescentes que se acendiam nos corredores e no estacionamento do hotel também jogavam uma luz intermitente sobre a superfície.

Ou seja, Delilah conseguia enxergar bem o teto, e não tinha nada pendurado ali. Aquilo não a acalmava, no entanto. Ella tinha outras maneiras de entrar. E, mesmo que não conseguisse chegar ao quarto, o simples fato de que estava lá fora, no telhado, significava que a breve trégua de Delilah chegara ao fim.

Não havia como escapar de Ella.

Delilah começou a se balançar para a frente e para trás como uma criança, cantarolando baixinho até o sol nascer. No início não sabia o que estava resmungando, mas depois reconheceu o ritmo: era uma antiga cantiga de ninar que a mãe costumava cantar quando ela era pequena.

• • •

Delilah pagara por três noites, mas foi embora na manhã seguinte, perto do meio-dia. Não fazia sentido ficar. Não conseguiria dormir. Não estava segura ali.

Tinha quase certeza de que não estaria segura em lugar algum, mas chegou à conclusão de que ficar pulando de um para outro não seria uma ideia tão ruim. Isso se os circuitos de Ella não houvessem registrado o fabricante, o modelo, a cor e talvez até a placa do carro de Delilah. Afinal, ela levara a boneca para o apartamento dentro daquele mesmo carro. Era provável que Ella tivesse deixado um rastreador no veículo. As viagens de Delilah sem dúvida seriam apenas desperdício de tempo e combustível.

Ainda assim, o que mais a jovem poderia fazer?

Então ela dirigiu.

Passou a tarde e a noite inteiras dirigindo. Dirigiu por toda a cidade, explorando bairros que ainda não conhecia. Observou, melancólica, as grandes casas de família e as crianças brincando no parque. Foi até o distrito comercial para tentar se lembrar de como era poder comprar o que queria e se recordou de como aquilo lhe dava pouco prazer. Delilah nunca tinha desejado coisas. O que queria era amor.

Quando o sol começou a se pôr, pouco depois das seis da noite, Delilah se deu conta de que estava sendo idiota. Muito idiota. Por que ficar na cidade? Por que não ir para longe, viajar para o interior? Será que assim não seria mais difícil Ella encontrá-la?

Então virou numa esquina movimentada e seguiu na direção da rodovia.

- Mas contornou já na próxima rua, voltando de imediato ao bairro do qual tinha acabado de sair.

Talvez não estivesse sendo idiota, afinal de contas. E se fosse aquela cidade movimentada que a estivesse mantendo em segurança? E se Ella ficasse livre para fazer o que bem entendia com Delilah caso estivessem longe de uma área com mais gente?

Além disso, era mais escuro no interior. Muito escuro. Delilah tinha apenas uma lanterninha. Achava que não seria capaz de passar pela 1h35 em um breu total. Não. Ficaria na cidade.

Mas onde?

Parando num drive-thru de uma rede de comida mexicana, Delilah comprou um burrito de frango e arroz com creme azedo. Por mais estranho que parecesse, ainda tinha apetite, apesar de se sentir tão apavorada que provavelmente estava a apenas mais um susto de ter um colapso nervoso. Talvez o corpo dela soubesse que precisava de nutrientes para encarar o que viria a seguir.

Delilah comeu o burrito num cinema drive-in que encontrou nos limites da cidade. Não fazia nem ideia da existência do lugar. Ficou feliz com a descoberta. Foi uma forma de se manter acordada até quase meia-noite. Perto desse horário, o último filme — de ação, com muitas cenas de perseguição — chegou ao fim, e Delilah precisou se juntar à fileira irregular de veículos congestionados na saída do cinema. Precisava decidir onde estaria à 1h35.

Pensou em estacionar atrás de um prédio isolado ou ir até um bairro mais tranquilo e parar perto de uma casa vazia. Mas queria mesmo facilitar tanto para Ella?

Não. Seria melhor se ainda estivesse em movimento no horário maldito. Ainda não tentara aquela estratégia. Talvez fosse a solução.

Assim, à medida que suas pernas ficavam moles, a pulsação se acelerava e a respiração se tornava mais difícil, Delilah foi se aproximando do centro da cidade. Queria estar onde ainda houvesse pessoas vagando pelas calçadas e luzes acesas a noite toda.

À 1h33, Delilah teve uma ideia melhor ainda: dirigiu até uma das grandes pontes da região. Ella com certeza não a seguiria até ali, especialmente porque a decisão de subir a rampa que levava à construção fora tão espontânea quanto possível.

Ainda estava no meio da noite, mas havia mais de uma dezena de carros na ponte. Delilah sentia as mãos suarem e as ajeitou ao redor do volante. Piscou várias vezes para desembaçar a visão, que começava a ficar turva. Tentou se concentrar na via à sua frente e se forçou a não olhar para o relógio digital do painel.

Mas soube quando o minuto trinta e cinco chegou.

Soube porque foi quando ouviu a porta do passageiro ser destrancada e aberta. Delilah arquejou e perdeu o controle do carro por um instante, então virou o volante e voltou para a pista. O som do vento zunindo pela abertura a atingiu, e ela ouviu a porta voltar a bater. Olhou para a direita, tomada pelo terror. Esperava encontrar Ella sentada no banco ao lado.

Mas não havia nada ali.

Apenas a sacola do jantar, a bolsa e a lanterna.

Já quase do outro lado da ponte, Delilah se concentrou na estrada, mas algo atingiu o teto do carro com um baque surdo.

Delilah gritou e enfiou o pé no acelerador. O carro deu um tranco para a frente, e ela virou o volante para a esquerda para ultrapassar uma minivan pouco depois de quase se chocar com o para-choque traseiro do veículo. Em seguida puxou o carro de volta para a pista da direita para que pudesse pegar a primeira saída da ponte.

Dirigindo como uma maluca, Delilah entrou na rua industrial que corria paralela ao rio e encostou quando chegou a uma fábrica com portas e janelas bloqueadas com tábuas. O carro patinou e cantou pneu, jogando cascalho para todos os lados.

Ela desligou o motor e, assim que o carro parou de se mover, Delilah saiu. Nem se deu ao trabalho de ativar a tranca do veículo. Só pegou a bolsa e a lanterna e correu.

Disparou na direção do rio, por trás da fábrica. Seus passos ecoavam sobre concreto e lixo, e ela seguiu até sair da linha de visão de quem estivesse na rodovia. O carro também não estava mais à vista.

Ainda conseguia enxergar para onde estava indo, já que a fábrica, embora desativada, era bem iluminada do lado de fora.

Delilah enfim parou e olhou ao redor.

Não fazia ideia de onde estava, mas não se sentia segura. Será que algum dia voltaria a se sentir segura?

Olhou ao redor. Talvez, se pudesse se esconder de Ella naquele momento, a boneca não a encontrasse nunca mais.

Mas onde?

Delilah viu uma tubulação que irrompia da extremidade mais distante da fábrica. Era imensa, com mais de um metro de diâmetro. Com certeza conseguiria andar abaixada lá dentro.

Atravessando a área de terra batida e cascalho cheia de poças, Delilah seguiu na direção do encanamento. Na metade do caminho se deteve. Não podia levar a bolsa. Não podia levar nada. Não sabia o que a conectava ao brinquedo.

Dando mais uma volta na área, viu uma pilha de dormentes de trem. Aquilo funcionaria. Conferiu de novo os arredores. Ainda estava sozinha. Correu até a pilha de pedaços de madeira e escondeu a bolsa entre dois deles. Deu uma última olhada no entorno e disparou na direção da tubulação. Entrou agachada, apoiando as costas na parede. Estava um pouco atordoada, hiperventilando.

Ela inclinou o corpo para a frente e colocou a cabeça entre os joelhos, tentando respirar mais devagar para sorver menos oxigênio. Desejou ter um saco de papel. Havia um no carro, mas não podia voltar para lá.

Não podia voltar para nenhum lugar onde já tivesse estado. Não podia voltar para sua vida.

A boneca a encontraria em qualquer lugar.

Até ali.

Delilah caiu de bunda e se encolheu, apertando as pernas contra o peito. Tentou ficar em silêncio, mas não conseguiu. Então chorou.

O som que saiu dela não era parecido com nenhum outro que já havia emitido.

Nem mesmo quando os pais tinham falecido.

Nem mesmo quando o primeiro abrigo se negara a ficar com Delilah.

Nem mesmo quando o quarto pai do abrigo provisório batia nela.

Nem mesmo quando Gerald estabelecera horários até para quando ela podia ou não espirrar.

Nem mesmo quando Richard a abandonara.

O som continha cada dor, cada medo e cada decepção absoluta que Delilah já sentira — tudo envolto num berro cheio de sofrimento. O barulho era o de uma mulher que não tinha mais forças. Que não conseguia mais lutar.

Delilah fechou a boca. Sua garganta doía. Seus pulmões doíam. Seu coração doía.

E ela não conseguia parar de tremer. Sentia o corpo inteiro quase convulsionar de pavor.

Não, não de pavor.

O que Delilah sentia estava tão além de qualquer versão de medo que ela já nem se considerava mais humana.

Nunca mais voltaria a se sentir segura.

Delilah soluçou e ficou de quatro. Não podia mais ficar ali. Ella descobriria seu paradeiro.

Engatinhando tão rápido quanto possível, ralando as mãos na superfície áspera de concreto do cano, se arrastou para fora da tubulação. Ficou de pé.

Para onde iria?

Começou a correr de novo. Avançou em paralelo ao rio, olhando de um lado para o outro, procurando uma escapatória, buscando uma saída de emergência, um assento ejetável, qualquer coisa que a levasse para o mais longe de Ella possível.

Delilah não sabia quanto tempo havia corrido quando se deparou com o que parecia um canteiro de obras abandonado. As silhuetas irregulares estavam protegidas pela escuridão, mas a iluminação dos postes revelava as formas básicas da estrutura. Ela diminuiu o ritmo, apontou a lanterna e analisou a placa gasta que anunciava o projeto. Parecia um complexo de escritórios.

Jogando o corpo contra o tapume imundo que fechava a lateral do que devia ser uma estrutura de três andares, Delilah entrou. A solução para seu problema estava perto. Ela tinha certeza.

Em algum lugar por ali, encontraria uma forma de fugir para sempre de Ella. Mas onde?

Tomando cuidado para não pisar em tábuas cheias de pregos e parafusos e desviando de sacos de entulho e pedaços de gesso, Delilah chegou a um cômodo que estava quase pronto. A parede estava não apenas de pé, como também havia recebido textura e pintura. No topo, estava a solução de Delilah.

Era a entrada de um duto de ar-condicionado exposto, grande o bastante para que ela entrasse nele. Aquele era o caminho. Ali poderia parar de fugir de Ella.

Olhando ao redor, tentando achar um jeito de alcançar a abertura, encontrou um cavalete. Correu na direção dele, pegou o objeto nos braços e o levou até embaixo do duto. Era forte e estável.

Delilah se certificou de que estava sozinha e subiu no cavalete. Na ponta dos pés, conseguiu se pendurar na parte da frente do duto. Dali, pendurou-se pelos braços, grata pelos músculos que ganhara com o trabalho de limpeza pesada no restaurante.

Quando a cabeça alcançou o nível do duto, ela estendeu um dos braços para ver se encontrava algum ponto de apoio. Não achou, mas a mão suada se prendeu o suficiente no metal para que ela conseguisse se impulsionar para cima. Balançando o corpo de um lado para o outro, adentrou o duto do ar-condicionado. Uma vez lá dentro, só precisou mover o corpo como uma cobra para avançar.

Mas nem ali se sentia segura.

Parou por um instante, analisando a situação. Quando acendeu a lanterna, viu que o duto se inclinava para baixo. Foi mais para a frente.

Sim. Ótimo.

Passando a cabeça por um espaço apertado, continuou em frente.

Mais um pouco.

E mais um pouco.

A lanterna escorregou da mão suada, rolando para longe do alcance de Delilah com um som metálico. Ela ouviu o impacto do objeto se chocando contra algo. Devia ter quebrado, porque o espaço ficou escuro.

Os ombros de Delilah estavam tão espremidos na tubulação de metal que ela soube que havia encontrado o lugar certo. Ella não a encontraria ali.

Ninguém a encontraria.

Tentando se mover só para ter certeza, confirmou que estava presa, completa e irremediavelmente presa.

Sua respiração se acalmou. Delilah relaxou.

Não conseguia se mover em nenhuma direção.

Nunca mais precisaria fugir de Ella.

ESPAÇO PARA MAIS UMA

A verdade é que Stanley não gostava dali. O lugar ficava tão escondido dos transeuntes que ele se perguntava que segredos eram guardados naquele lugar. Será que era uma empresa legítima ou havia acordos clandestinos sendo fechados por debaixo dos panos? Stanley não sabia. Quando fora contratado, o supervisor tinha dito que ele saberia das coisas de acordo com as exigências do trabalho, e, no que dizia respeito ao negócio em si, Stanley não precisava saber de nada. Após um ano e meio no cargo, a única coisa de que ele tinha certeza era que seus pagamentos sempre caíam na conta bancária.

Para chegar ao trabalho, ele tinha que atravessar um depósito de madeira, blocos de concreto e vigas de metal. Mascarada por todos aqueles materiais de construção, havia uma escadaria que levava ao subterrâneo. Uma única lâmpada de baixa voltagem iluminava os degraus escuros, não mais que o necessário para que Stanley descesse em segurança. No fim da escadaria, lá estava a lixeira de resíduos orgânicos pela qual passava toda noite. A lata sempre exalava a mesmíssima mistura de fedores — algo químico, comida estragada e o mais perturbador: o que ele imaginava ser cheiro de carne humana em decomposição. Aquele odor definia a atmosfera da noite que Stanley tinha pela frente.

Assim como o que apodrecia naquele contêiner, o trabalho de Stanley era um grande lixo. Ele passou o crachá no leitor, e a imensa porta de metal se abriu com um gemido que sempre parecia expressar os sentimentos de Stanley em relação ao turno que teria que encarar. Às vezes, ele até gemia junto.

As instalações eram escuras e não tinham ventilação adequada. Devido à localização subterrânea, havia uma umidade perene no ar que fazia Stanley sentir a pele grudenta. A construção supostamente era uma fábrica — mas, mesmo de dentro, não dava para ter noção de que tipo de coisa era produzida ali. O local era um labirinto de corredores mal iluminados por luzes verdes e doentias, e uma rede de tubulações pretas serpenteava rente ao teto. Havia portas imensas de metal ao longo do corredor, todas trancadas. Stanley não fazia a menor ideia do que acontecia atrás delas.

Se ali era mesmo uma fábrica, era razoável supor que havia pessoas responsáveis por fabricar coisas. Às vezes, Stanley ouvia estrondos e o zumbido de maquinário nos cômodos trancados. Devia haver outros funcionários, gente operando os equipamentos — mas, durante todo o tempo naquele trabalho, Stanley nunca vislumbrara outro ser humano.

Era estranho ser vigia e não saber o que estava vigiando.

Stanley seguiu por um dos corredores, ouvindo chiados e estampidos vindo de trás de uma das portas de metal, e passou o crachá em outro leitor para entrar na sala de segurança. Então se acomodou em sua mesa, de onde conseguia verificar todas as entradas e saídas pelos monitores altamente tecnológicos.

Stanley tinha sido contratado um ano e meio antes. Na entrevista de emprego, ficara óbvio que o trabalho seria diferente de qualquer outro que tivera. O supervisor que o havia entrevistado era um homenzinho careca e estranho, que vestia um terno grande demais, estava sempre contorcendo as mãos e parecia ter dificuldade de olhar Stanley nos olhos.

— Não é um trabalho difícil. É só ficar sentado na sala de segurança, olhando as saídas pelos monitores para garantir que nada saia — dissera o homem.

— Que nada saia? — perguntara Stanley na ocasião. — Nos outros trabalhos, sempre vigiei para garantir que ninguém *entrasse*.

— Bom, este trabalho não é como os outros — explicara o homenzinho, inquieto, subitamente interessado nos papéis sobre a mesa. — É só ficar de olho nas saídas que vai ficar tudo bem.

— Sim, senhor — respondera Stanley.

Ele ficara confuso, mas achara melhor deixar pra lá. Tinha sido demitido do último emprego, e os boletos não pagos já estavam formando uma pilha. Stanley precisava do dinheiro.

— Quando acha que pode começar? — perguntara o homem, olhando na direção de Stanley, mas sem encará-lo.

— Assim que precisar de mim, senhor.

Stanley estava esperando uma entrevista mais rigorosa. Geralmente, o processo seletivo para vagas de segurança envolvia muitas perguntas, testes de personalidade, consultas a referências e uma análise extensiva de antecedentes. As empresas queriam garantir que não estavam contratando um lobo para cuidar do galinheiro, como a avó de Stanley costumava dizer.

— Excelente — dissera o homem, abrindo algo quase similar a um sorriso. — Uma das nossas posições vagou de repente, e agora precisamos preenchê-la com urgência.

— Nossa, pediram demissão assim do nada e deixaram o senhor na mão? — perguntara Stanley.

— Mais ou menos isso — respondera o homem, olhando para um ponto além do rapaz. — Infelizmente, o segurança anterior... faleceu de repente. Muito trágico.

— O que aconteceu com ele?

Stanley sabia que havia perigos inerentes àquele tipo de trabalho, mas se o guarda anterior tivesse morrido em serviço, Stanley achava que deveria saber. Para tomar uma decisão ponderada, era importante entender se aquela função ofereceria mais perigo que o normal, para ele ter noção de onde estava se enfiando.

— Infarto fulminante, acho — respondera o homem, olhando para baixo e mexendo na papelada. — A gente nunca sabe quando chega a nossa hora, né?

— Não, senhor — respondera Stanley, pensando no pai, que ele tinha perdido recentemente.

O empregador havia assentido, pensativo, e falara:

— Acredito que vá achar o trabalho fácil. É só ficar de olho nas saídas e garantir que tudo que tem que ficar nas instalações permaneça nas instalações. Se fizer isso, vai dar tudo certo.

— Sim, senhor. Obrigado.

E, simples assim, estendendo o braço e apertando a mãozinha ossuda e gelada do homem, Stanley ganhara o emprego.

Por isso, o rapaz passara o último ano e meio monitorando o lugar para garantir que "nada saísse" — mesmo sem entender muito bem qual era o significado daquela frase. Por que o supervisor tinha dito "nada" em vez de "ninguém"? O que exatamente Stanley estava monitorando? Tinha cogitado perguntar isso ao homenzinho estranho, mas, desde a breve entrevista de emprego, Stanley nunca mais o vira.

Ele abriu a tampa da garrafa térmica de café e se preparou para outra noite longa e solitária.

Não ligaria para as noites solitárias se os dias também não o fossem. Até duas semanas antes, quando Amber — sua namorada havia mais de dois anos — dera um pé na bunda de Stanley, os dias dele eram mais brilhantes. Durante o tedioso expediente, mal podia esperar para bater o cartão e ir embora às sete da manhã. Caminhava até o Restaurante da Cidade do outro lado da rua e tomava um café completo — ovos, bacon, torradas e batatas rosti temperadas com cebola. Já de estômago cheio, voltava a pé para casa e caía num sono exausto por algumas horinhas. Acordava, fazia um sanduíche, limpava a casa ou punha as roupas para lavar e depois jogava videogame até as cinco, quando Amber voltava do supermercado, onde trabalhava como caixa.

Ela sempre levava os ingredientes do jantar. Amava programas de culinária e gostava de experimentar novas receitas, o que Stanley aprovava. Ele adorava comer, e sua pancinha avantajada estava lá para provar. Não era exatamente gordo — era só fofo, como um sofá confortável. Costeletas com molho de ameixa, frango marinado, espaguete à carbonara — qualquer que fosse a receita escolhida por Amber, Stanley comia feliz. Os dois cozinhavam juntos, depois se sentavam um de frente para o outro à mesa da cozinha e jantavam conversando sobre o dia. Amber interagia com muitas pessoas no mercado, então geralmente tinha histórias engraçadas. Depois de colocar a louça na lavadora, ficavam aconchegados no sofá e assistiam à televisão ou a um filme até chegar a hora de Stanley se arrumar para o trabalho. Na maioria dos dias, passavam a noite em casa, mas quando Stanley estava de folga, saíam para comer — geralmente na Casa do Espaguete do Luigi ou no Palácio Wong —, e iam ao cinema ou ao boliche.

O tempo que Stanley passava com Amber era sempre feliz e reconfortante, e ele sempre achara que a garota sentia o mesmo. Mas no terrível dia em que terminou com ele, Amber disse:

— Nosso namoro está empacado, tipo um jumento teimoso. Não vai a lugar algum.

Pego de surpresa, Stanley perguntara:

— Bom, e aonde você queria que fosse?

Ela o encarara como se a pergunta fosse parte do problema.

— É isso, Stanley. Você não tinha que precisar perguntar.

Stanley tinha acabado de fazer vinte e cinco anos, e Amber era sua primeira namorada séria. Ele a amava e já falara aquilo várias vezes, mas não se sentia emocional ou financeiramente pronto para noivar ou se casar. Achava que o que os dois tinham era suficiente. Era uma pena que ela não sentisse o mesmo.

Alguns dias antes, Stanley tinha ido à festinha de cinco anos de seu sobrinho, Max, comemorado na casa de Melissa, sua irmã. Havia sido sua primeira saída após o término. No começo, ver as crianças brincando e a festividade familiar dos balões, do bolo e dos presentes o animara um pouco. Ele estava de uniforme de vigia porque sabia que Max achava a roupa legal, e os amigos do sobrinho concordavam. As crianças tinham cercado suas pernas dizendo coisas como "Seu distintivo é tão brilhante!" e "Você pega caras malvados?". Eram todas uma gracinha. Stanley gostava de crianças. Desde sempre.

Depois que a molecada voltara para suas brincadeiras, Stanley tinha ouvido os pais falando dos filhos e rindo do que haviam dito ou feito. Começou a pensar que talvez Amber fosse sua última chance de sossegar e formar uma família, e que talvez ele tivesse estragado tudo. E se estivesse condenado a ser para sempre o tiozão solteiro no aniversário do sobrinho, sempre sozinho, nunca o marido ou pai de alguém?

Para completar, a conversa que tivera com Todd, seu cunhado, só piorara as coisas.

— Ei, cara, fui pegar meu pedido lá no Luigi outro dia e vi sua ex ficando com o gerente da Lanche Legal — dissera Todd.

Stanley quase se engasgara com o bolo de aniversário.

— Ela já está saindo com alguém?

— Era o que parecia. Talvez já estivesse com ele há um tempo. Você conhece o cara?

Stanley fizera que não.

— Bom, não quero ser portador de más notícias, mas ele é alto e sarado. Também se veste bem. Fui ver qual era o carro dele no estacionamento quando saí. Era um carrão.

Stanley, por sua vez, era baixinho, corpulento e não tinha carro — mesmo que tivesse, não seria um tão caro quanto o do novo caso de Amber. Talvez houvesse sido por aquilo que o relacionamento com Amber tinha empacado. Ela queria uma vida mais confortável e empolgante, e ele estava feliz com o que tinha.

Seu apelido deveria ser Empacado.

Stanley deu uma bronca em si mesmo: precisava parar de choramingar. Estava no trabalho, então precisava trabalhar. Assim, tomou seu café e monitorou a falta de atividade do prédio. Todas as saídas estavam em ordem. Sempre estavam. O vigia não torcia para que surgissem ameaças, mas seria legal ter algo para fazer.

Mesmo com a cafeína, sentiu as pálpebras começarem a baixar e a cabeça pender, pesada como uma bola de boliche. Stanley começou a piscar. Normal. Em um turno regular, costumava passar quatro das oito horas de trabalho profundamente adormecido. Era em grande parte por isso que, apesar do tédio e da solidão, ele não tentava com muito afinco achar outro emprego. Que outros lugares o pagariam para dormir? Em pouco tempo, Stanley estava roncando na cadeira, com o queixo no peito e os pezões sobre a mesa.

Pipipi! Pipipi! Pipipi! Pipipi!

Stanley acordou desorientado por um segundo, confundindo o barulho com o toque do despertador de casa, mas então se lembrou de onde estava e conferiu os monitores. Um sensor de movimento tinha sido ativado num duto de ventilação bem perto, rente ao chão da sala da segurança. Bom, pelo menos não teria que ir muito longe para conferir o que havia acontecido. Stanley se espreguiçou, se levantou e pegou a lanterna.

Indo até lá, ficou de joelhos, tirou a tampa do duto de ventilação e varreu a escuridão com o feixe de luz. Não viu nada.

O duto era pequeno demais para que qualquer coisa de fato perigosa conseguisse passar. Talvez um rato ou camundongo tivesse ativado o sensor. Se o problema persistisse, talvez fosse prudente preencher um relatório (embora o jovem não soubesse direito quem recebia e lia os relatórios emitidos) e sugerir que a gerência chamasse uma empresa de controle de pestes.

Stanley bocejou e voltou para a cadeira. Hora de voltar ao cochilo. Duas horas depois, acordou sobressaltado. Ele se sentou, limpou a saliva da boca e olhou para os monitores. Na mesa, havia um objeto que não estava ali antes. A princípio, o vigia não entendeu direito o que era.

Depois de uma análise mais cuidadosa, concluiu que parecia um brinquedo — uma espécie de boneca com braços e pernas articulados. Usava um tutu branco, e os pezinhos eram pintados da mesma cor para parecerem calçados com sapatilhas de balé. Os braços estavam erguidos na pose de uma bailarina prestes a dar uma pirueta. Stanley sorriu ao pensar no quão rudimentar era seu conhecimento da terminologia de balé. Pelo menos tinha aprendido alguma coisa depois de todas as vezes em que fora arrastado para os recitais de balé da irmã. A boneca lhe lembrou um pouco os modelos que ficavam na sala de artes do ensino médio, onde os bonecos de madeira podiam ser colocados em diversas posições para ensinar alunos a desenhar o corpo humano. Ao contrário deles, que eram totalmente sem expressão, a bailarinazinha tinha um rosto. E um bem curioso.

Em teoria, as feições de uma bailarina deveriam ser meigas e adoráveis como as de uma linda menininha. Não era o caso: aquela boneca tinha a face pintada de branco como a de um palhaço. Os grandes globos oculares eram vazios e inexpressivos. Ela não tinha um nariz discernível, mas a boca era um buraco preto e avantajado sem dentes e aberto num eterno esgar. A cabeça não combinava com o corpo. Por que alguém pensaria em fazer um brinquedo com um rosto tão assombroso?

Stanley tinha muitas perguntas. Que coisa esquisita era aquela, e o que estava fazendo na mesa da sala de segurança? Quem a colocara ali? Ele pegou a boneca. Passou alguns segundos dobrando os membros em diferentes posições. *Olha! Ela agora está abrindo espacate! Agora está dançando músicas tradicionais russas!* Stanley riu, pensando em como se divertia fácil. Estava realmente passando muito tempo sozinho; talvez devesse arranjar algo para ocupar a cabeça. Virou a boneca de ponta-cabeça para que ela plantasse bananeira.

Uma vozinha vinda do corpo da pequena bailarina disse:

— A gente gosta de você!

— O que é isso? — sussurrou Stanley, virando o brinquedo de novo.

Ela devia ter algum sensor que reagia a movimentos.

— A gente gosta de você!

Era a voz de uma garotinha, aguda e risonha. Fofa.

— "A gente" quem? — perguntou Stanley, sorrindo para a boneca. — Só estou vendo você.

Ele virou de novo o corpinho para o lado.

— Eu gosto de ficar perto de você! — entoou a bailarina.

— Bom, pode acreditar: faz um tempo que nenhuma moça me diz isso — disse Stanley, erguendo a bonequinha para examiná-la melhor. — Que pena que você é pequena assim, e não um ser humano de verdade. E também é bem esquisitinha.

Ele tombou o brinquedo de lado de novo, perguntando-se quantas frases havia no repertório do brinquedo.

— Você é tão quente e fofinho! — exclamou a boneca, soltando uma risadinha.

Bom, aquela era nova. Mas era verdade — a parte do fofinho, pelo menos. O rapaz estava comendo como um avestruz desde o término com Amber. Sempre tivera muito apetite, mas nos últimos tempos vinha comendo de tristeza. Mandava ver em potes inteiros de sorvete, sacos tamanho família de batatinhas com molho de cebola e meia dúzia de tacos de redes de fast-food de uma só vez. "Fome emocional", era como os especialistas na internet chamavam o comportamento. A fome emocional tinha transformado Stanley num lamentável caos quente e fofinho. Começaria a comer alimentos mais saudáveis — saladas, frutas e frango grelhado. E voltaria para a academia: ele estava até pagando uma. Não lembrava a última vez em que fora treinar... talvez antes mesmo de ele e Amber começarem a namorar.

— Acho que você é uma boa influência para mim — falou ele para a boneca, sorrindo e a tombando de lado.

— Me leve para casa! — exclamou a boneca.

Ele se reclinou na cadeira.

— Talvez eu faça isso mesmo, bonequinha. Estou achando que alguém deixou você aqui de presente para mim. — Mas quem? Stanley olhou de novo para o corpo da bailarina e seu estranho rosto, similar a uma máscara. — Um presente esquisito, mas vai saber... Meio que gosto de você.

Ele virou o brinquedo de lado de novo.

— A gente gosta de você! — falou a boneca.

— Então o sentimento é mútuo — respondeu Stanley, rindo mais uma vez.

O vigia colocou o brinquedo na mesa e conferiu os monitores. Nada nas saídas. Hora de terminar o cochilo.

Stanley estava na Casa do Espaguete do Luigi comendo sozinho numa mesa. Cortava o macarrão em pedacinhos pequenos com a faquinha de pão, o que deixava Amber doida. "Você precisa enrolar os fios no garfo", dizia ela, "e usar a colher para impedir o espaguete de cair." Já Stanley não via a necessidade de demorar tanto para colocar a comida na boca. Sentia o mesmo quando comiam no Palácio Wong: Amber sempre insistia em usar os palitinhos, mas Stanley devorava seu frango à General Tso com um garfo sem pensar duas vezes.

Mas os dois não comiam mais juntos. Ela estava sentada numa mesinha confortável num canto, com um homem bonito e bem-vestido. Conversavam, riam e davam comida na boca um do outro. Stanley se sentiu constrangido por estar sozinho, mas Amber e o parceiro não davam a mínima para ele. Era como se ele fosse invisível. Stanley se virou para o outro lado do salão para evitar a cena. Numa das extremidades do restaurante, onde geralmente ficava um piano, havia um caixão. O pai de Stanley estava dentro dele, com as bochechas encovadas rosadas demais por causa da maquiagem que o agente funerário tentara usar para disfarçar a palidez cadavérica.

Para onde quer que olhasse, Stanley via alguém que havia amado e perdido. Decidiu focar toda a atenção no prato à sua frente, evitando qualquer outra coisa. O espaguete havia se transformado num emaranhado de vermes que se contorciam e se reviravam. "Verme entrando, verme saindo, verme comendo sua carne e cuspindo..." Stanley se lembrava da música nojenta que as crianças costumavam cantar no parquinho da escola. Era mórbida, sem dúvida, mas o que sabiam sobre morte naquela época? No entanto, sua infância não existia mais, seu pai não existia mais, Amber não existia mais... Por que todas as coisas boas tinham que chegar ao fim? Ele pegou o prato cheio de vermes e o jogou do outro lado do salão. A cerâmica se estraçalhou contra a parede, deixando uma mancha vermelha de molho de tomate salpicada por pedacinhos de espaguete.

Stanley acordou, ofegante. *Tudo bem*, disse a si mesmo. *Foi só um pesadelo.* Faltavam cinco minutos para o fim do turno, e a boneca que antes estava na mesa havia desaparecido. Que esquisito. Não tinha ninguém além dele por lá. Quem teria ido até a sala da segurança e pegado o brinquedo? Talvez a mesma pessoa que entrara para deixá-lo ali, fosse quem fosse.

Por uma fração de segundo, ele considerou preencher um relatório sobre a boneca, mas se deu conta de que não seria possível. O que diria? *Dormi em serviço às 3h02 da manhã. Acordei e achei uma boneca na minha mesa. Voltei a dormir, e quando acordei ela tinha sumido.* Seria praticamente pedir para ser demitido.

Se ele e Amber ainda estivessem juntos, pela primeira vez na vida o rapaz teria uma história para contar sobre algo que acontecera no trabalho. Aqueles eram os momentos mais tristes dos dias já melancólicos de Stanley: quando ele pensava "Espera só eu contar isso para a Amber!" e depois lembrava que não havia mais Amber.

Stanley tampou o nariz para passar pela lixeira de resíduos orgânicos do lado de fora das instalações. Saiu pela escada para um dia reluzente e ensolarado. Depois de ficar enfurnado num poço escuro por oito horas, sempre levava alguns minutos para conseguir enxergar sob a intensidade do sol. Semicerrou os olhos e piscou, como uma toupeira saindo de um túnel subterrâneo.

Atravessou a rua e entrou no Restaurante da Cidade, então se acomodou na banqueta de vinil vermelho de sempre e virou a xícara de café que estava de cabeça para baixo no pires à sua frente. Como se por um passe de mágica, a garçonete, Katie, surgiu para servir Stanley. Ele sabia algumas coisas sobre Katie devido aos papos que batiam de vez em quando: tinha mais ou menos a idade dele e, depois que o filho entrara no jardim de infância, estava cursando algumas matérias na faculdade comunitária.

— O que vai ser hoje, Stan? O de sempre? — perguntou ela.

A funcionária tinha um sorriso amigável e olhos muito azuis. Parecia mais bonita do que Stanley lembrava.

Talvez ele só estivesse se sentindo solitário. Desde o término, passava dias e mais dias em que Katie era o único outro ser humano com quem ele falava.

— Na verdade, acho que vou dar uma olhada no cardápio.

Se era para começar a fazer escolhas saudáveis, que fosse de imediato — embora fosse difícil levar a decisão a cabo ao sentir o cheiro de bacon que pairava pelo lugar. Também não ajudava ver o que as outras pessoas estavam pedindo: o cara na banqueta de frente para ele, por exemplo, comia uma pilha alta de panquecas douradinhas encharcadas de manteiga e xarope de bordo. Pareciam deliciosas.

Katie entregou o menu laminado para ele.

— Manhã de mudanças, é?

— Achei que seria uma boa. — Ele avaliou as opções, à procura das mais saudáveis. Não pareciam tão saborosas quanto seu pedido de sempre; no entanto, se quisesse ficar menos "fofinho", precisaria fazer alguns sacrifícios. — Acho que vou querer o omelete de claras com cogumelos e carne de peru moída acompanhado de torrada integral.

Katie sorriu e anotou o pedido do rapaz.

— Nossa, estou impressionada. Está de regime, é?

Ele deu um tapinha na barriga.

— Estou pensando nisso.

Depois que Katie anotou o pedido, Stanley deixou o olhar vagar pelo restaurante. Na última mesinha do canto, um idoso segurava uma xícara de café e lia o jornal. Frequentava o Restaurante da Cidade toda manhã, sempre sozinho, e ficava ali enrolando com o café até muito depois de ter o prato retirado. Stanley conseguia sentir a solidão do velho com tanta intensidade quanto sentia a própria. Depois que Amber havia terminado tudo, Stanley ficava se perguntando se o destino dele era o mesmo do senhorzinho. Será que ficaria velho e seria tão solitário que passaria horas em lugares públicos só para ter a ilusão de alguma companhia?

Não era, afinal, o que Stanley estava fazendo naquele exato momento?

— Prontinho — disse Katie, entregando o café da manhã dele com um sorriso.

O omelete de claras era surpreendentemente decente; mas, quando Stanley tentou comer a torrada integral, teve dificuldade de engolir. Sentiu a garganta dolorida, como se estivesse parcialmente fechada. Que estranho. Ele não conseguia se lembrar da última vez que tivera dor de garganta. Empurrou o prato de café da manhã para o lado.

— Não gostou muito da comida saudável? — perguntou Katie, tirando a mesa. — Você é da turminha que limpa o prato.

— Não, estava gostoso — respondeu Stanley, com a voz meio rouca. — Minha garganta está doendo um pouco, só isso. Fica difícil de comer.

— Bom, tem um monte de viroses e gripe rolando por aí. Várias crianças e professores estão doentes na escolinha do meu filho. Espero que não tenha pegado nada — comentou Katie.

— Também espero — respondeu Stanley, mas era bem provável que aquele fosse o caso, considerando-se o lugar em que ele trabalhava.

Devia ter um monte de germes naquelas instalações úmidas e escuras onde o ar fresco e o sol não chegavam.

A caminho de casa, Stanley parou na farmácia e comprou algumas pastilhas para garganta. Jogou uma na boca assim que passou pelo caixa. Engolir estava cada vez mais excruciante.

Quando Amber ia para o apartamento dele todos os dias, Stanley mantinha o lugar razoavelmente limpo. Agora, quando entrava, todo dia tinha uma impressão duplamente ruim. Além da bagunça, havia o significado por trás dela: um lembrete de que Amber tinha ido embora. A mesinha de café estava cheia de latinhas de refrigerante pela metade, embalagens de hambúrguer, caixas de frango frito e de comida chinesa. Roupas sujas estavam espalhadas em pilhas aleatórias pelo chão. Parte dele queria limpar tudo, mas outra dizia: *E de que importa? Ela não vai voltar, e não tem mais ninguém aqui além de mim para ver a bagunça.*

Stanley pegou mais uma pastilha de garganta e colocou na boca. Definitivamente estava ficando doente. Que beleza. Era tudo de que precisava. Mais uma coisa para deixar a vida dele mais deprimente.

A mãe sempre fora devota do vapor quentinho quando ele ou a irmã começavam a dar sinais de estar pegando uma gripe, então o rapaz decidiu tomar um banho quente. Se a causa da dor de garganta fosse uma congestão nasal, respirar um pouco de vapor talvez ajudasse. Ao tentar remover a camisa do uniforme, teve dificuldade de tirar o braço de dentro da manga. Quando enfim conseguiu, entendeu o problema: seu braço esquerdo estava inchado, quase duas vezes maior que o direito. Também estava com um formigamento esquisito, como se estivesse dormente. Stanley chacoalhou o membro, tentando se livrar da sensação, mas continuou sem sensibilidade.

Que tipo de doença bizarra dava dor de garganta, inchaço e dormência no braço? Ele não era médico, mas achava que aqueles sintomas não apareciam juntos com frequência.

Stanley abriu o chuveiro na temperatura mais alta possível. Colocou o braço esquerdo embaixo da ducha e percebeu que não estava sentindo nem o calor nem os jatos de água atingindo a pele. Saiu do banho, colocou uma camiseta e uma calça de moletom, tomou dois ibuprofenos, jogou outra pastilha na boca e se deitou na cama. Talvez a doença, fosse lá qual fosse, melhorasse com descanso.

Dormiu por oito horas, um sono escuro e sem sonhos. Quando acordou, sentiu a garganta toda cortada. Levou as mãos ao pescoço e, ao olhar para elas, quase esperou ver sangue. Stanley se sentou devagar, com a cabeça anuviada, dolorida e desorientada. O braço esquerdo ainda estava dormente e parecia pesado e fraco, como um pedaço inútil de chumbo que ele era obrigado a arrastar consigo.

Ele botou outra pastilha na boca, mesmo que as outras nem tivessem feito cócegas na dor. No banheiro, ele se olhou no espelho. Estava com os olhos muito vermelhos e parecia não ter dormido por dias mesmo que devesse estar bem descansado. Dor de garganta... O que a mãe costumava fazer quando ele era criança e tinha dor de garganta? Stanley tentou se lembrar dos dias em que faltava à escola porque estava doente e a mãe ficava cuidando dele. Chá quente com limão e mel, era o que ela sempre preparava. Ele devia ter alguns saquinhos de chá em algum lugar. Foi à cozinha e vasculhou os armários até encontrar uma caixinha que estava ali desde sabia-se lá quando. *Chá não estraga, estraga?*, pensou ele.

Esquentou uma xícara de água no micro-ondas e mergulhou o sachê no líquido. Encontrou um potinho plástico de mel na gaveta onde enfiava as embalagens individuais de mostarda, ketchup e shoyu que os restaurantes enviavam. Misturou o mel no chá. Lembrou-se da mãe falando que mel era bom para gripe porque formava uma camada protetora na garganta. O rapaz não lembrava qual era a função do limão, mas precisaria se virar sem ele.

Stanley ligou a televisão para assistir ao noticiário esportivo e bebericou a infusão quente. Ajudou um pouco. Terminou, voltou à cozinha e abriu uma lata de canja. Canja era bom para gripe, não era? Ele a aqueceu no fogão, depois levou uma cumbuca até a sala para comer na frente da televisão. Logo descobriu que só conseguia tomar o caldo — doía muito engolir os pedaços de frango e macarrão. Parecia estar comendo pedra.

Stanley tomou mais ibuprofeno, chupou outra pastilha e torceu para melhorar ao longo da tarde — mas a dor na garganta não passou e a sensibilidade do braço não voltou. Ele flertou com a possibilidade de ligar para o trabalho e dizer que iria faltar porque estava doente, mas sabia que não podia se dar ao luxo de perder oito horas de pagamento. O dinheiro andava apertado; mal ganhava o suficiente para o aluguel e o mercado. Quando colocou o uniforme, a manga esquerda da camisa estava tão apertada que ele mal conseguia dobrar o cotovelo.

Com a garganta dolorida e o braço dormente, a caminhada até o trabalho não foi nada agradável, mas ele enfim chegou ao galpão e desceu a escada. Como sempre, prendeu a respiração quando se aproximou da lixeira fedorenta e passou o crachá no leitor da porta. Dentro das instalações, deixou os olhos se ajustarem à fraca luz esverdeada por um momento e então seguiu até a sala de segurança. Conferiu os monitores, mas não havia nada fora do ordinário. Bom. Estava cansado, com dor e pronto para um cochilo. Ele se reclinou na cadeira e se deixou levar pela inconsciência do sono.

Acordou de sobressalto, sentindo-se observado. Olhou para os lados e conferiu os monitores. Nada.

A boneca havia voltado para a mesa, no entanto.

Ele a pegou e sorriu.

— Você de novo? — disse ele. Estava com a voz cada vez mais rouca. — De onde você veio, hein? Alguém está fazendo alguma brincadeira comigo?

Talvez ele tivesse uma admiradora secreta, mas imediatamente dispensou a ideia, por ser ridícula demais. Que tipo de admiradora secreta esquisita deixaria uma bailarina de madeira na mesa dele? Não o tipo que Stanley gostaria de ter, sem dúvida. Ele tombou a boneca de lado para ativar sua voz.

— A gente gosta de você — entoou o brinquedo, em sua voz fina de menininha feliz.

— Gosto de você também, bonequinha. Não sei direito por quê, mas gosto — comentou Stanley.

Talvez ter a bailarina falante para acompanhá-lo no trabalho era como as pessoas que deixavam a televisão ligada o tempo todo em casa: um pouco de barulho era um lembrete de que, mesmo que não parecesse, ninguém estava sozinho no mundo. Triste, mas compreensível. O planeta era um lugar solitário. Ele virou a boneca mais uma vez.

— Me leve para casa — disse ela.

— Bom, eu ia fazer isso ontem, mas você tinha sumido quando acordei. Acho que perdeu sua chance, né? De quem você é, afinal?

Ele inclinou o brinquedo.

— Me leve para casa — repetiu a boneca.

Stanley fitou a bailarina.

— Talvez você seja da filha de alguma outra pessoa que trabalha aqui. Não quero roubar o brinquedo de uma criança. Você combina mais com uma garotinha do que comigo.

Mais uma viradinha na boneca.

— Me leve para casa — repetiu ela.

Pena que mulheres de verdade não pareciam ligar muito para a companhia de Stanley.

— Pode ser que alguma menina fique muito, muito triste sem o brinquedo dela. Sou um homem adulto. Não tenho muito o que fazer com bonequinhas.

Então por que ele estava falando com aquela pequena bailarina como se ela conseguisse entender e ficando com a garganta ainda mais dolorida ao fazer isso?

Aquele vírus maluco devia estar afetando sua mente, pensou o rapaz. Ainda assim, tombou de novo a coisa para ouvir o que tinha a dizer.

— Me leve para casa.

Stanley a colocou na mesa. A boneca tinha acabado de ultrapassar oficialmente a linha que separava algo fofo de irritante.

— Certo, certo. Se ficar na minha mesa até o fim do turno, levo você para casa comigo, mas agora é hora de tirar um cochilo. Boa noite.

O rapaz se reclinou na cadeira e se entregou ao sono.

Stanley estava atrasado para o trabalho. Tentava se aprontar, mas os dedos gordos eram desajeitados demais para abotoar o uniforme ou amarrar os sapatos. Ele precisava de ajuda, mas estava profundamente sozinho. Enfim, sabendo que se atrasaria demais se não saísse de imediato, correu para a rua com a camisa abotoada pela metade e os sapatos desamarrados. Quando olhou ao redor, todos os pontos de referência da vizinhança tinham sumido. Onde estava a Mercearia do Greenblatt? E a Lavanderia a Seco da Holandesa? Ele olhou para as placas e notou que o nome das ruas tinha mudado. A que antes indicava a avenida da Floresta agora informava que aquela era a avenida Fazbear. Não fazia sentido, mas ele estava perdido. Como era possível, se estava a poucos passos do próprio apartamento?

Enfim chamou um táxi e deu ao motorista o endereço do depósito de materiais de construção que escondia o lugar onde trabalhava. Conforme ele avançava pela cidade, não reconhecia nenhuma das ruas nem dos prédios, mas o motorista parecia saber para onde estava indo. Stanley disse a si mesmo para respirar e relaxar. Estava tudo certo, as coisas estavam sob controle.

O taxista parou numa ruazinha escura que Stanley não reconheceu. Talvez o sujeito não soubesse muito bem onde estava, afinal.

— Ei, cara, acho que este não é o endereço certo — comentou Stanley.

Quando o motorista se virou para trás, o rapaz viu que o rosto do homem não era humano. Era uma versão robótica bizarra da cara de um animal, rosada e branca, com um focinho comprido, orelhas grandes e olhos amarelos e brilhantes. A cabeça, aparentemente dotada de uma dobradiça, se abriu para revelar os globos oculares e a boca cheia de dentes afiados como facas. A criatura abriu mais a mandíbula e saltou na direção de Stanley, estilhaçando o painel de vidro que separava as duas metades do carro para chegar ao assento traseiro.

Será que ele tinha gritado? Era o que Stanley perguntou a si mesmo ao tentar se livrar da sensação ruim do pesadelo. A dor de garganta o havia deixado tão rouco que não conseguiria berrar nem se quisesse. Mas mesmo que gritasse, quem teria ouvido? Estava enfurnado naquela salinha minúscula e escura. Stanley poderia morrer ali, e ninguém notaria. Ninguém vigiava os vigias.

O que era aquela coisa no sonho, afinal?

Quando finalmente acordou por completo e conseguiu se reorientar, notou que a boneca tinha sumido de novo. Esquisito. Queria contar a alguém sobre o brinquedo, mas a quem?

No Restaurante da Cidade, Katie encheu sua caneca de café.

—Você está mesmo com cara de quem precisa de um pouco de cafeína — disse ela.

Stanley fez uma careta quando tentou engolir um gole do líquido quente. Não tinha sido uma boa ideia beber café.

— Quer o de sempre ou vai de opção saudável de novo? — continuou a garçonete.

— Mingau — falou Stanley, com a voz quase inaudível. — Quero só um potinho de mingau.

Katie pareceu preocupada.

—Tudo certo, Stan? Você não parece muito bem.

Era legal ver que ela se preocupava o bastante a ponto de perguntar.

— A dor piorou. — Ele massageou a garganta. — Acho que não consigo comer nada sólido.

— Certo, então vamos de mingau. Mas já foi ao médico? A farmácia da esquina tem uma plantonista que atende por ordem de chegada. Mês passado tive uma dor de ouvido e ela me passou um antibiótico que foi tiro e queda. A consulta é baratinha também.

— Não. Nada de médico.

As pessoas sempre achavam que médicos eram capazes de consertar tudo.

Quando o pai de Stanley ficara doente a ponto de não conseguir mais trabalhar, tinha ido ao médico, tomado todos os remédios receitados e passado pelo torturante tratamento recomendado. Depois de seis meses, estava morto do mesmo jeito.

— Na verdade é uma enfermeira, e não um médico, que atende lá na farmácia — prosseguiu a funcionária. — Ela é muito gente boa. Vai só fazer algumas perguntas, dar uma olhada no seu ouvido, no seu nariz e na sua garganta e depois prescrever algo.

— Deve ser só algum resfriado. Vai sarar sozinho — retrucou Stanley, rouco, mas precisava admitir que sua voz estava péssima.

— Você que sabe. Bom, vou pegar seu mingau. Também vou trazer um suco de laranja grande por conta da casa. Um pouco de vitamina C extra não vai fazer mal.

— Valeu.

Stanley ficou tocado com o cuidado de Katie e se perguntou se a jovem era solteira. Seria legal estar com alguém que se importasse com ele.

A sensação de comer o mingau era a de estar engolindo areia quente. Torcendo para que aquilo fosse aliviar a dor, Stanley bebeu um gole do suco de laranja, mas o líquido queimou sua garganta. A caminho de casa, ele parou na farmácia e comprou pastilhas que supostamente eram mais fortes do que as que vinha usando, mas duvidou que dariam conta da dor. Assim que chegou ao apartamento, tirou os sapatos e se jogou na cama sem nem tirar o uniforme. Adormeceu em segundos.

Acordou sete horas depois com o telefone tocando. Sentia a boca seca como poeira, e a garganta doer e arder. Tentou pegar o celular com o braço bom, mas notou que também estava dormente e inchado. Meio desajeitado, Stanley conseguiu erguer o aparelho e o colocou na orelha.

— Alô? — disse, com um sussurro áspero.
— Stan? É você?

Era sua irmã mais velha, Melissa.

— Sou eu. Oi, mana.

Ele não a via desde a festa de aniversário do sobrinho, mas ela costumava ligar de tempos em tempos para saber como o irmão caçula estava.

— Sua voz está péssima — disse Melissa, e Stanley notou a preocupação em sua voz. — Está doente?

— Acabei pegando um resfriado — respondeu ele.

Não queria usar mais que o mínimo de palavras necessário para se comunicar. Falar doía demais.

— Também, né? Você passa as noites trabalhando naquela fábrica escura e abafada. Parece uma catacumba. O estranho é você não ficar doente o tempo todo. Olha, as crianças estão na mamãe, e o Todd tem boliche hoje à noite. Fiz uma panelona de chilli e um pouco de pão de milho. Pensei em levar um pouco aí para você e a gente janta junto.

Mesmo se sentindo péssimo, ficou grato pela oferta de companhia. Pelo menos não teria que enfrentar outra noite sozinho.

— Acho ótimo — sussurrou ele, rouco.

— Certo, chego às seis. Quer que eu leve algo da farmácia?

Uma garganta nova, pensou Stanley, mas disse apenas:

— Não, valeu.

Com dificuldade, o rapaz se arrastou para fora da cama e foi até o banheiro. Encarou o espelho para ver o estrago — bastante considerável. Estava com olheiras escuras sob os olhos injetados, e a pele exibia um tom cinzento assustador. Mas o que mais o preocupava era o braço direito. Assim como o esquerdo, já estava tão inchado que a manga do uniforme parecia o envoltório de uma linguiça gorda. Não sabia se seria capaz de tirar a camisa sem rasgar o tecido. Provavelmente era melhor deixar as coisas como estavam por enquanto.

Ele jogou um pouco de água no rosto e conseguiu controlar o braço dormente para pentear o cabelo e colocar um pouco de pasta na escova. Escovar os dentes foi tão dolorido que lágrimas começaram a escorrer de seus olhos. A garganta parecia estar em carne viva, e ele notou que o interior da boca também estava inflamado e dolorido. Quando a enxaguou e cuspiu, a água saiu manchada de sangue. Stanley se encarou de novo no espelho — as tentativas de se arrumar não tinham ajudado muito. O queixo e o maxilar estavam escurecidos por causa da barba por fazer, mas ele não confiava nos braços fracos para usar o barbeador. Teria que ser daquele jeito mesmo. Depois se arrastou até a sala de estar e se largou no sofá, sem energia sequer para pegar o controle remoto.

Melissa, que era uma pessoa responsável praticamente desde que havia nascido, chegou às seis em ponto como prometido, carregando uma panela grande e uma das ecobags que usava para fazer compras. O cabelo castanho e encaracolado estava preso num rabo de cavalo arrumado, e ela ainda vestia a camisa de botão e a calça cáqui que usava no serviço.

— E aí, maninho? — disse ela, entrando na casa. Logo após o cumprimento, soltou um: — Credo! O que rolou aqui?

Stanley sabia que as coisas estavam bagunçadas, mas não tinha dado muita atenção ao estado do apartamento. Quando tentou ver a cena pelos olhos de Melissa, se deu conta de que a casa estava um verdadeiro desastre. Ficou constrangido, mas não queria demonstrar, então se sentou no sofá e tentou dar de ombros de um jeito casual.

— A Amber terminou comigo — soltou ele, quase num sussurro.

— É, eu sei — respondeu Melissa, olhando ao redor com a mesma expressão de nojo de quando era criança e ele jogava minhocas no cabelo dela. — Mas o que aconteceu na sua casa? Não era só a Amber que cuidava da faxina, era?

— Não, eu que limpava. Só comecei a me preocupar menos com isso depois que ela parou de vir.

Sem Amber, manter a casa limpa e organizada não parecia valer o esforço. Poucas coisas pareciam valer o esforço.

O semblante de Melissa foi do nojo para a empatia.

— Coitadinho, mano. Aguenta aí, vou só esquentar o chilli.

— Ela desapareceu para dentro da cozinha minúscula, depois voltou com vários sacos de lixo. — A coisa também está feia por lá. Todos os pratos estão sujos?

— Praticamente — respondeu Stanley.

Melissa respirou fundo.

— Certo, é o seguinte: vou juntar as latinhas e garrafas e colocar no meu carro para levar para a reciclagem. Depois vou tampar o nariz, recolher o lixo e jogar tudo fora. Aí vou encher a lava-louças e lavar o que sobrar à mão. — Ela olhou para as peças aleatórias de roupa no chão. — Meu limite é encostar nas suas meias e cuecas sujas. Dessa parte você cuida.

— Justo — sussurrou Stanley, rouco. — Obrigada. Queria poder ajudar.

Estava sentindo os braços tão fracos e pesados que mal conseguia se imaginar carregando alguma coisa.

— Não, pode descansar. Você está só a capa da gaita, como a vovó costumava dizer.

Ela jogou uma embalagem de frango frito no saco de lixo.

Stanley se permitiu sorrir um pouco.

— Pois é, nunca entendi essa expressão. O que tem de tão ruim na aparência de uma capa de gaita?

—Também nunca entendi. E que tipo de gaita seria? Por que precisaria de uma capa? — Ela olhou ao redor, como se tentando definir um plano geral de ataque. — Olha, vou preparar uma xícara de chá com mel e limão, como a mamãe costumava fazer para a gente, depois vou cair de cabeça na limpeza.

— Não tem limão — murmurou Stanley.

— Eu trouxe todos os ingredientes — explicou Melissa. Claro.

—Você pensa em tudo.

Melissa sorriu.

— Dou meu melhor.

Quando eram crianças, Melissa sempre definia do que e como iam brincar. Na época, Stanley achava a irmã mandona e irritante, mas depois de adulto passou a notar que o comportamento tinha suas vantagens — especialmente naquele momento de caos na vida dele.

Em alguns minutos, Stanley estava sentado com uma xícara de chá nas mãos enquanto Melissa se lançava sozinha na missão de dar um fim ao lixo da sala.

—Você é incrível — disse ele.

Não podia ajudar, mas pelo menos dava para elogiar a irmã.

— Bom, é ótimo ter uma audiência grata. As crianças não são, isso eu garanto — brincou Melissa, franzindo o nariz ao pegar uma embalagem de comida chinesa entre o indicador e o polegar e jogá-la no lixo. — Credo, o que será que tinha aqui?

— Lo mein, acho — arriscou Stanley, e fez uma careta ao dar um gole no chá. — Foi mal por ter deixado as coisas terem chegado a este ponto. Não é sua responsabilidade limpar minhas coisas.

— Não, não é — concordou Melissa, jogando uma embalagem amassada de taco no lixo. — Mas é minha responsabilidade garantir que você esteja bem, e ando muito relapsa nisso.

— Mentira. Você me ligou, e...

— Sim, liguei várias vezes desde o término para ver se você estava bem, e sempre ouvi que estava. E você apareceu no aniversário do Max, o que achei um bom sinal. Mas claramente devia ter vindo aqui antes para ver com meus próprios olhos como as coisas estavam andando. — Ela deu um nó no saco já cheio. — Porque você, irmãozinho querido, definitivamente não está bem.

— Não, não estou — sussurrou ele.

Sentiu vontade de chorar, mas seria constrangedor se debulhar em lágrimas na frente da irmã mais velha como se fosse um bebezinho. Stanley não era de se lamuriar. Não fazia aquilo desde a morte do pai. Mas, ao encarar o estado deplorável da própria vida pelos olhos de Melissa, compreendeu o quão ruim estavam as coisas. A vida dela era muito equilibrada — a irmã era formada, tinha um trabalho no tribunal, um marido bom e dois filhos aos quais era devotada. Comparada à vida dela, a de Stanley era patética e vazia. E sua garganta estava doendo tanto, mas tanto, que só a dor já fazia seus olhos lacrimejarem.

Melissa provavelmente sentiu a aflição do irmão, porque deu uns tapinhas no ombro dele e falou:

— Quer saber de uma coisa? Vou fazer uma pausa aqui na limpeza e servir o jantar. O chilli já deve estar quente, e acho que você vai se sentir um pouco melhor depois que tiver comido.

Stanley fungou e assentiu.

O chilli era uma receita de família e um dos pratos preferidos de Stanley. Ele geralmente mandava pelo menos duas tigelas para dentro — às vezes até três. Mas naquela noite, embora a comida estivesse perfeita, com queijo cheddar raladinho por cima e pão de milho de acompanhamento, como ele gostava, o rapaz não conseguiu comer muito. O caldo meio apimentado queimava ao descer pela goela, fazendo-o se sentir como se tivesse alguém segurando um fósforo acesso na laringe já inflamada.

— Este não é o Stan que eu conheço — comentou Melissa ao ver o irmão abandonar a cumbuca quase intocada. — Lembra como a mamãe chamava você?

Stan abriu um sorrisinho.

— De "saco sem fundo".

— Ela costumava dizer que sua perna devia ser oca, porque não entendia para onde ia tanta comida. — Melissa levou as duas tigelas para a cozinha e começou a encher a lava-louças com xícaras, pratos e talheres sujos acumulados havia duas semanas. — Escuta, sei que você vai discutir comigo, mas porque não me deixa agendar uma consulta para você com a médica que atende a gente lá em casa? Ela é supertranquila e fácil de conversar.

— Nada de médica — resmungou Stanley.

Uma imagem indesejada surgiu na mente dele: o pai no hospital, pálido e magro como um esqueleto, preso a tubos de plástico espalhados por todo o corpo.

Melissa revirou os olhos.

— Sabia que você ia falar isso. Olha, sei que nunca gostou de ir ao médico e parou de ir depois que ficou velho demais para a mamãe conseguir obrigar você. Aí ficou ainda mais resistente depois que o papai adoeceu, e...

— Não é questão de ser resistente — rebateu Stanley. — Os médicos o deixaram ainda pior, e depois ele morreu. Quimioterapia, radiação... Encheram ele de veneno.

Melissa negou com a cabeça. Aquela era uma velha discussão entre os dois.

— Stan, o papai sabia que tinha algo errado com ele e demorou muito a procurar ajuda. Vários meses. Quando foi ao médico, era tarde demais. Tentaram quimio, mas o câncer já tinha se espalhado. Provavelmente teria funcionado se ele tivesse se tratado antes. — Ela o encarou. — E agora você está sendo cabeça-dura também, se negando a ir ao médico. Parece uma tradição familiar esquisita, uma que a gente não deveria manter.

— Eu não estou com câncer — murmurou Stanley, com dificuldade. Ao menos aquilo estava fora de cogitação. — Vou ficar bem.

— Sei que não está com câncer. Mas você está com vários sintomas estranhos. Além da dor de garganta, agora seus braços parecem duros e inchados. Talvez seja só algum vírus maluco, mas acho que devia ir conferir.

—Vai passar sozinho — falou Stanley.

Ele também sabia que a combinação de sintomas era bizarra, mas não admitiria aquilo à irmã.

Melissa suspirou.

— Bom, vamos fazer assim: volto daqui a três dias para ver como você está. Se não tiver melhorado, vou levar você ao médico nem que tenha que chamar o Todd e os amigos brutamontes dele da liga de boliche e arrastar você até lá.

— Combinado — concordou Stanley, porque sabia por experiência própria que no fim não tinha como discutir com a irmã mais velha. — Três dias.

Em uma hora, Melissa recolhera todas as garrafas e latas vazias e lavara todos os pratos sujos. Exceto pelas roupas espalhadas no chão, a sala estava livre de bagunça.

— Bom, já melhorou um pouco — disse ela, olhando para as superfícies recém-limpas.

— Não tenho como agradecer — falou Stanley. Estava impressionado com o tanto de coisa que a irmã tinha feito enquanto ele ficava esparramado no sofá fazendo vários nadas.

— Não quero que me agradeça — falou Melissa, colocando o casaco. — Quero é que ligue para o trabalho dizendo que está doente e passe a noite descansando.

— Vou pensar no seu caso — disse ele, sabendo que não podia se dar ao luxo de abrir mão do dinheiro.

— Não pense. *Faça.* — Melissa se inclinou sobre o sofá e deu um abraço no irmão. — E não esqueça: se não estiver melhor em três dias, vou levar você ao médico.

— Não vou esquecer.

Stanley sabia que ela não permitiria.

— Certo, vou sair do seu pé agora. Não precisa arrancar os cabelos. — A moça deu um tapinha na cabeça dele. — O pouco que você ainda tem, digo.

Stanley riu. Definitivamente tinha herdado a calvície do pai.

— Você sempre foi malvada.

• • •

Stanley não tinha nenhuma intenção de faltar ao trabalho. Como já estava de uniforme, não precisou fazer muita coisa depois que Melissa foi embora. Sem dúvida a caminhada até o serviço foi mais cansativa que o normal. A garganta dele estava doendo e ardendo, e os braços dormentes e inchados pareciam tão pesados que ele praticamente os arrastava como se fossem correntes de prisioneiro. Mesmo assim, chegou à fábrica. E lá estava ele de novo, descendo as escadas antigas e passando pelo lixo fedorento até chegar ao ambiente de trabalho escuro e subterrâneo.

Stanley avançou pelo corredor mal iluminado. A luz esverdeada banhou sua pele, conferindo a ela um tom ainda mais doentio. O vigia passou o crachá no leitor e se acomodou na mesa da sala de segurança para observar os monitores. Como sempre, não havia nada fora do comum. Aquele era o trabalho menos exigente do mundo. Stanley sabia que a irmã queria que ele ficasse em casa e descansasse, mas por que não ir para o serviço quando se podia cochilar e ainda ser pago? Ele se reclinou na cadeira, e logo estava roncando baixinho.

Ao acordar por causa da dor na garganta algumas horas depois, a boneca bailarina estava de novo sobre a mesa.

Era estranho como ela surgia daquele jeito e depois desaparecia. Stanley devia perguntar sobre aquilo a alguém, mas nunca sabia a quem.

Por força do hábito, pegou a boneca e a tombou de lado.

— A gente gosta de você — disse ela.

O rapaz analisou os olhos vazios da bailarininha e o sorriso negro e escancarado. Sério, de quem tinha sido a ideia de fazer um brinquedo daqueles?

— Sim, sim, sim, é o que você diz o tempo todo — devolveu ele.

De onde aquela coisa havia surgido? Qual era o fabricante? E o que estava fazendo ali na fábrica? Ele a virou de costas para ver se achava alguma informação sobre a marca.

— Me leve para casa — falou a boneca.

— Então, você fica repetindo isso o tempo todo também, mas sempre some quando é hora de levar você para casa. Você não se decide, bonequinha — disse Stanley.

As palavras saíram quase num sussurro. Realmente era melhor falar o mínimo possível.

Ele tombou a bailarina de lado de novo.

— Me leve para casa.

Stanley colocou o brinquedo na mesa e pegou outra pastilha para a garganta.

— Então, é o seguinte: não vou conseguir te levar se você continuar desaparecendo, mas se ficar por aqui e ainda estiver na mesa quando eu acordar, pode vir comigo.

Ótima ideia, Stanley, pensou ele. *Tentar argumentar com um objeto inanimado.* Estava mesmo numa situação lamentável. Ele se reclinou na cadeira e fechou os olhos.

Stanley estava no trabalho. Por alguma razão, as luzes verdes que geralmente iluminavam a construção tinham sido desligadas. Ele se lembrou de uma excursão da escola a uma caverna. O guia explicara que os peixes na lagoa subterrânea não tinham olhos — e, mesmo que tivessem, seria escuro demais para que enxergassem qualquer coisa.

A única coisa que permitia que Stanley visse o que estava à sua frente era a lanterna. Ele direcionou o feixe para as paredes, para as portas de metal e para o chão adiante, criando pequenos círculos de luz na escuridão. Será que o prédio todo está sem eletricidade?, perguntou-se. *Provavelmente não, porque ele ainda conseguia ouvir o som do maquinário vindo de trás das portas de metal trancadas.*

Ele tinha um forte pressentimento de que havia algo errado. Precisava chegar até a sala da segurança para ver se os monitores estavam funcionando ou se o sistema caíra por conta da falta de energia. Se fosse o caso, talvez precisasse andar no escuro e conferir se as saídas estavam seguras. Stanley voltou a lanterna para a frente. A luz banhou a placa que dizia SALA DA SEGURANÇA *na porta. O leitor de crachá não estava funcionando, então ele usou a chave que tinha para casos de emergência.*

A sala estava tão escura quanto o restante da construção. Todos os monitores estavam desligados. Ele varreu o cômodo com a lanterna, deixando o feixe banhar objetos familiares: a mesa, a cadeira, o arquivo. Depois focou a luz no canto esquerdo da sala.

O que viu foi um rosto. Um rosto que não pertencia a um ser humano.

Era a cabeça de um animal cartunesco — um urso, talvez? — de gravata-borboleta e cartola. Enquanto Stanley o iluminava, os dois lados do rosto se abriram como portas duplas para revelar um terrível crânio metálico feito de cabos e fios serpenteantes. O bicho encarou Stanley com olhos vazios e arregalados e disparou na direção dele, batendo os dentes.

O jovem acordou sobressaltado. Nunca tivera pesadelos como os das últimas noites de cochilo no trabalho. O que eram aquelas criaturas mecânicas estranhas que assombravam seus sonhos? Será que eram só produtos da tristeza pela perda de Amber ou sintomas da doença física? Talvez tudo estivesse conectado. De uma coisa ele tinha certeza: nunca estivera tão mal física e emocionalmente.

Olhou para a mesa. Estava vazia. A boneca não tinha obedecido à ordem de continuar por ali.

Stanley se levantou e se espreguiçou, balançando a cabeça como se aquilo fosse ajudá-lo a organizar os pensamentos.

Claro que a boneca não tinha obedecido, pensou ele — era uma boneca. Não entendia o que ele dizia. Por mais que repetisse aquela frase, não queria de fato ir com ele para casa. Não tinha como *querer* qualquer coisa porque não tinha vida. As palavras que parecia dizer eram apenas ruídos roteirizados e gravados. Mas nada daquilo explicava como o brinquedo surgia em sua mesa e desaparecia do nada. Será que se movia sozinha ou havia alguém por trás do fenômeno? Será que era uma pegadinha?

Mas quem iria pregar uma pegadinha em Stanley? Ele jamais encontrara qualquer outra pessoa ali.

Naquela manhã, Stanley não foi ao Restaurante da Cidade após o trabalho. Até teria gostado de ver Katie, mas sua garganta estava doendo demais para ele comer qualquer coisa, e ficava enjoado só de pensar em comida. Teve um vislumbre do próprio reflexo na vitrine de uma loja. Um rosto macilento, suado, barbado e inchado, fora os braços molengas. Pois é... Stanley estava em condições piores do que qualquer capa de gaita, fosse lá o que fosse.

O rapaz se lembrou de Katie recomendando a enfermeira que atendia na farmácia. Talvez desse um pulo lá. Enfermeiras não eram exatamente médicos; ele se lembrou da que atendia na escola, uma moça muito gentil. Stanley precisava fazer algo a respeito daquilo. Não podia continuar se sentindo tão mal.

A enfermeira da farmácia de fato era muito gente boa — uma mulher loira com um ar maternal que por acaso tinha mesmo mais ou menos a idade da mãe dele. Assim que viu o rapaz, ela disse:

— Nossa. Você está se sentindo péssimo, né?

— Está óbvio assim? — perguntou Stanley, com a voz fraca e rouca.

A enfermeira assentiu.

— Dor de garganta?

— Sim, senhora. E das feias.

Não falou nada sobre o braço dormente. Estava com medo demais do que ela iria dizer. Não queria acabar no hospital. Quando o pai fora para o hospital, saíra de lá morto.

— Bom, vamos dar uma olhada e ver o que a gente pode fazer para você se sentir melhor.

Ela gesticulou para que Stanley a seguisse até o consultório nos fundos da farmácia.

Colocou um termômetro em seu ouvido e leu o resultado.

— Sem febre. Mas acho que seria melhor coletar material da sua garganta e testar para ver se não tem contaminação por estreptococos.

O tal teste não era nada agradável. A enfermeira pediu que ele abrisse bem a boca e se aproximou com uma espécie de cotonete de cabo comprido, que enfiou pela garganta do rapaz. Mesmo o algodão macio doía como metal afiado na laringe irritada, sem falar na ânsia de vômito. Quando a mulher puxou o cotonetão de volta, a ponta estava cheia de sangue.

— Bom, isso não é nada bom — disse ela, franzindo a sobrancelha. — Vou fazer o teste aqui e depois a gente vê como proceder.

Ela voltou depois de alguns minutos.

— Deu negativo para estreptococos. Mas do jeito que sua garganta está irritada, acho que tem no mínimo um pouco de inflamação. E sangue é preocupante. Vou receitar uns antibióticos. Caso não melhore até segunda, quero que prometa que vai procurar um médico.

— Prometo — disse Stanley, embora não tivesse um médico que o acompanhasse regularmente e tampouco planos de arrumar um.

Mesmo se sentindo fisicamente péssimo a caminho de casa, também estava um pouco esperançoso. Havia agido. Tinha um remédio de verdade para tomar. Com certeza aquilo melhoraria a situação.

Stanley se olhou no espelho do banheiro de casa. Nada bom. Estava usando o mesmo uniforme havia quase quarenta e oito horas. A pele suada estava com um aspecto pálido, e ele cheirava tão mal quanto a lixeira pela qual passava todos os dias. Precisava trocar de roupa. Puxou a manga esquerda do uniforme, mas o braço estava tão inchado que entalou no tecido. O direito não estava muito melhor. Puxando as mangas, o rapaz virou o tronco, torcendo para conseguir alguma posição mágica que faria os membros se libertarem da prisão de poliestireno.

No final, desesperado, pegou uma tesoura. Enfiou uma das lâminas na manga esquerda. Estava apertada, mas ele conseguiu achar um ângulo que o permitisse cortar a manga ao longo de todo o braço. Trabalhar com a mão esquerda foi mais difícil, mas Stanley fez a mesma coisa com o outro lado e arrancou a camisa suada toda rasgada. A peça nem era dele — a empresa era dona dos uniformes e os alugava para os funcionários. Sem dúvida o custo sairia de seu salário.

Stanley entrou no banho com as pernas bambas e apoiou as costas na parede para não escorregar e cair. Deixou a água quente cair nos ombros com a esperança de que aquilo aliviasse parte da tensão. Os braços inchados continuavam dormentes — não dava para sentir o calor nem o impacto da água.

Exausto do esforço hercúleo que se tornara o processo de se despir e se banhar, Stanley pegou uma camiseta e a calça do pijama. Morrendo de dor, forçou um dos comprimidos de antibiótico pela garganta empurrando tudo com um golinho de água e depois se largou na cama.

Quando acordou e tentou se levantar, caiu no chão na hora. A perna direita não suportava mais o peso do corpo como deveria. Assim que tentou ficar de pé, ela se dobrou embaixo dele como se não tivesse músculos ou ossos. Sentado no chão, Stanley tocou a coxa direita e viu que não sentia nada. Deu um tapa nela, depois a socou com força. Nada ainda. O braço e a mão que tinha usado também estavam dormentes. O que estava acontecendo? Será que era algum tipo de doença degenerativa que o faria precisar de cadeira de rodas pelo resto da vida? Se fosse, não era estranho que estivesse progredindo tão rápido? Talvez a ida à clínica na farmácia não fora suficiente. Talvez devesse deixar Melissa agendar uma consulta com um médico. Provavelmente precisava ver algum tipo de especialista. Mesmo que o doutor fizesse algo desagradável, não seria pior do que a dor que o assolava naquele momento. Stanley pensou que, como o pai, talvez tivesse esperado demais e fosse muito tarde para procurar ajuda.

Com grande esforço, Stanley se virou, apoiou as mãos na cama e se levantou. Caminhou bem devagar, arrastando a perna direita atrás de si enquanto a esquerda fazia a maior parte do trabalho.

Quanto tempo havia se passado desde a última vez que comera ou bebera algo? Não conseguia lembrar. Água. Precisava ao menos tomar um pouco de água. Cambaleou até a cozinha, ainda limpa depois do faxinão de Melissa, e pegou um copo no armário. Encheu o vasilhame de água da torneira e tentou beber.

Pura agonia. Engolir mesmo que um minúsculo gole doía como ingerir cacos de vidro. Stanley vomitou na pia, expelindo um líquido rosado por causa do sangue. Pensou que talvez devesse tentar aquecer um pouco de sopa — mas, se não estava conseguindo beber, comer parecia fora de questão. E mesmo a ideia de engolir algo quente era insuportável.

O celular tocou, e Stanley lembrou com pesar que havia deixado o aparelho no quarto. Arrastou a perna na direção do toque insistente. Quando chegou, já tinham desligado. Conferiu o registro da ligação e viu que era a mãe. Ele a conhecia: se não retornasse o quanto antes, ela automaticamente presumiria que o filho estava morto.

Ela atendeu logo no primeiro toque.

— Alô? Stanley?

— Oi, mãe.

Stanley tentou deixar a voz o mais normal possível, mas ela saiu rouca e marcada por um guinchinho de rato no final.

— Sua voz está péssima.

— Pois é, é o que todo mundo anda dizendo.

Ele se deitou na cama para falar. Melhor não desperdiçar a energia necessária para ficar sentado.

— A Melissa passou para pegar as crianças depois de jantar com você ontem à noite. Disse que estava um trapo.

— Que bom.

Era maravilhoso saber que a mãe e a irmã andavam conversando sobre o fiasco que era a vida dele.

— Não dá para brincar com essas coisas, Stanley. — A mãe usava seu tom severo, aprimorado na época em que o rapaz era criança e vivia se metendo em confusão. — Ela acha que você precisa ir ao médico.

— Passei na farmácia hoje cedo, mãe. A enfermeira de lá me deu uma receita. Ainda não deu tempo de o remédio fazer efeito, mas vou ficar bem.

Stanley achava que ainda demoraria muito para chegar sequer perto de estar bem, mas não queria assustar a mãe. Ela já tinha ficado muito tensa e amedrontada com a doença do marido, então merecia passar o resto da vida em paz.

— A Melissa também disse que você devia sair mais, conhecer pessoas. Depois que melhorar, claro. Sua irmã acha que você anda solitário.

— E provavelmente está certa. Mas é difícil... Ainda não superei a Amber.

Ele sentiu um nó se formando na garganta já dolorida.

Era o que faltava: chorar para a mamãezinha.

— Óbvio que não, querido! Foi há menos de duas semanas. Mas, com o tempo, seu coração vai sarar, e outra pessoa vai aparecer. Alguém que gosta de quem você é de verdade. Sei que sou suspeita para falar, mas nunca achei que a Amber fosse um bom partido. Sabe, eu não pensei que sairia com outras pessoas depois da morte do seu pai, mas encontrei o Harold um ano e meio depois. E não tem como negar que ele é um cara legal.

— É mesmo, mãe.

No começo, Stanley não queria gostar de Harold; achava que seria desleal e desrespeitoso com a memória do pai. Mas o sujeito era bom para a mãe de Stanley e fazia companhia a ela. Os dois saíam para jantar toda sexta à noite. Aos domingos, caminhavam pelo parque quando estava sol ou no shopping, se estivesse chovendo. Sempre andavam de mãos dadas, o que Stanley achava fofinho. Ficava feliz por terem um ao outro.

— Mas enfim, quer que eu passe aí e leve sopa, umas comprinhas ou coisa assim? — perguntou a mãe.

— Não, mãe. Só preciso tomar meu remédio e descansar.

No fundo, ele não queria que a mãe visse o estado deplorável em que se encontrava. Sabia que, caso aquilo acontecesse, seria arrastado para o pronto-socorro.

— Certo, mas vou ligar amanhã para ver como você está. E se quiser que eu dê um pulo aí, é só avisar.

— Obrigado, mãe.

— Caso não esteja se sentindo melhor depois de amanhã, promete que vai deixar a Melissa marcar uma consulta com a médica dela?

Ele sabia que discutir com a mãe não levaria a nada. Melissa herdara a cabeça-dura da mãe.

— Prometo.

— Amo você, Stanley.

— Também te amo, mãe.

Dizer aquelas palavras o fez se sentir triste e vulnerável.

Já que era para ficar doente daquele jeito, quase desejava voltar a ser criança. Ficaria na cama de pijama, e a mãe cuidaria dele e levaria chá quente, mingau de chocolate e histórias em quadrinhos. Ninguém cuidava das pessoas depois que elas ficavam adultas.

Depois de desligar, soube que não poderia continuar na cama. Caso contrário, desmaiaria de sono e não acordaria para ir trabalhar. Apoiando a mão na parede para não cair, foi mancando até a sala, se jogou no sofá e ligou a televisão. Supostamente estava vendo o noticiário esportivo, mas não conseguia focar para absorver qualquer informação. Apenas encarou as luzes e cores na tela, pensando em como a garganta doía e o corpo se deteriorava numa velocidade impressionante. Era como se tivesse virado um velho decrépito da noite para o dia.

A hora de ir para o serviço chegou cedo demais. Quando colocou a calça do uniforme, a perna direita ficou apertada. Era estranho estar com um lado da calça normal e o outro grudado como se fosse uma legging. A camisa cortada ainda estava jogada no chão do quarto. O rapaz decidiu que usaria uma camiseta branca simples e tentaria encontrar uma parte de cima do uniforme no armazém. Ou não. De que importava? Ninguém nunca o via mesmo... Poderia ir trabalhar de cueca e jamais saberiam.

Como a simples ideia de ir caminhando até o trabalho parecia impossível, Stanley decidiu pegar o ônibus. A curta caminhada até o ponto foi desagradável; quando o veículo chegou, ele mal conseguiu levantar a perna dormente e inchada para embarcar. Sentia as pessoas atrás inquietas enquanto esperavam, sem paciência. Ao se largar no assento, os outros passageiros o observaram com preocupação. Ele se acomodou ao lado de uma senhora, que se levantou e foi para um assento mais longe. Provavelmente achou que era algo contagioso.

Quando chegou a hora de descer, ele se levantou com dificuldade e se arrastou na direção da porta. Tropeçou nos degraus e caiu na calçada. Devia ter doído, mas ele já não sentia mais nada em seus braços e pernas. A ausência de dor foi mais assustadora do que a dor em si teria sido.

— Tudo bem aí, amigão? — perguntou o motorista.

Stanley fez que sim e ergueu o braço direito dormente em um gesto para dispensar a preocupação do homem. Sabia que não estava bem, mas como o motorista o ajudaria? Àquela altura, talvez nem um médico seria capaz de ajudar. Stanley tinha quase certeza de que os antibióticos não estavam fazendo efeito. Ele agarrou o poste com a placa do ponto e se ergueu. As pernas estavam instáveis. Stanley estendeu a mão e deu um tapa numa delas. Nada. Deveria ter comentado com a enfermeira sobre os membros dormentes. Em que estava pensando?

Cambaleando, avançou pela calçada. Transeuntes o encaravam — alguns com uma expressão aflita, outros apenas irritados, como se fosse inconveniente ver outra pessoa sofrendo daquele jeito. Por fim, Stanley chegou ao depósito de material de construção, se apoiando nos montes de madeira para se deslocar adiante até chegar à escadaria. Segurando com força os corrimãos, focou em descer um passo dolorido por vez. O progresso era lentíssimo; com medo de chegar atrasado para bater o cartão, Stanley se sentou e foi se arrastando degrau a degrau, como o sobrinho quando era pequenininho e tinha medo da escada. Era uma situação um pouco humilhante, mas o método permitiu que ele chegasse até onde precisava.

Stanley passou pelo lixo orgânico. O olfato, ao menos, ainda estava funcionando — já era alguma coisa.

Ao encostar o crachá no leitor e a porta se abrir chiando, Stanley estava tão exausto que precisou de toda a concentração possível para simplesmente colocar um pé na frente do outro. Tinha cogitado a ideia de ir até o armazém procurar outra camisa, mas estar com uma aparência profissional não era mais uma prioridade. Descansar — aquela era sua única prioridade. Foi se arrastando até a sala da segurança e se jogou na cadeira, arfando como um cachorro doente e pingando suor.

Não estava em condições de trabalhar. Não estava em condições de nada.

Olhando para baixo, viu que ambas as pernas estavam igualmente inchadas, a calça tão esticada que o tecido parecia prestes a rasgar. Tudo estava apertado. Até seu peito parecia estufado. Será que era aquela a sensação de estar sofrendo um infarto? Será que ele teria um infarto? Ligaria para Melissa na manhã seguinte e pediria que a irmã marcasse uma consulta. Não era mais questão de ir à farmácia e tomar antibiótico. Era algo sério, e Stanley já estava com mais medo da doença do que dos médicos.

Amber. Não conseguia parar de pensar em Amber. Quando ela terminou o namoro, Stanley havia apenas encarado a moça com uma expressão atônita, em choque demais para falar. Poderia ter dito tanta coisa... *Precisava* dizer tanta coisa. E se nunca mais tivesse a chance?

Com mãos fracas e suadas, tateou a mesa e encontrou caneta e papel. Usando a energia de alguma reserva profunda que guardava no âmago do ser, começou a escrever:

Querida Amber,

Devido ao braço dormente e à mão sem forças, as palavras pareciam ter sido escritas por uma criancinha do segundo ano. Mas isso não era o bastante para detê-lo, então Stanley foi em frente.

Lembra como a gente se conheceu no mercado? Fui com minhas compras até seu caixa. Enquanto você passava os itens, eu passava os olhos pelo seu rosto. Fiquei nervoso demais para convidar você para sair, mas continuei indo àquele mercado e comprando coisas de que não precisava só para te ver. Um dia, você falou: "Está a fim de mim ou coisa assim?" Acho que fiquei vermelho, mas respondi que sim, e você disse: "Então porque não me chama para sair?" Quando chamei e você topou, fiquei feliz como nunca tinha ficado na vida. Amber, sei que não fui o namorado mais interessante do mundo, mas quero que saiba que te amei de verdade — ainda amo. Ando muito doente; se você está lendo estas palavras, é porque alguma coisa ruim aconteceu comigo. Por favor, não fique triste. Só quero que saiba que sinto muito por não ter feito você feliz e dado o que você precisava, mas não foi por falta de amor. Eu te amo, e amo muito. Desejo muita alegria para sua vida, tanta quanto você me trouxe quando estávamos juntos.

Com muito amor,
Stanley.

Pronto. Feito. Ele não era poeta, e sua caligrafia era terrível, mas tinha dito o que precisava dizer. Trêmulo e exausto, o rapaz dobrou a carta e a guardou no bolso. Ao se reclinar na cadeira e fechar os olhos, não cochilou como sempre. Desmaiou como se o tivessem acertado na cabeça com um taco de beisebol.

• • •

Ao recuperar a consciência, Stanley tremia e suava muito. E estava estufado. *Estufado* era a única forma de descrever o que sentia — era como se o corpo dele tivesse se esticado ao limite. A calça estava quase estourando nas pernas; a camiseta, larga quando ele a havia vestido algumas horas antes, estava justa. A pele parecia retesada também, como se fosse se romper a qualquer instante feito a casca de uma fruta madura demais.

A boneca o encarava da mesa, mas Stanley não pegou a bailarina. Não queria nem tocar nela.

— Gosto de estar perto de você — disse a coisa.

— Sei — resmungou ele.

Mas então se deu conta: *Espera*. Apoiou o rosto nas mãos e tentou organizar os pensamentos. *A boneca não fala só quando é inclinada? Talvez eu nunca tenha ouvido nada e tenha só imaginado coisas. Talvez esteja tão doente que estou alucinando.*

— Me leve para casa — pediu a bailarina.

Da segunda vez, Stanley teve certeza de ter ouvido as palavras, mas não respondeu. Não podia mais ficar falando com objetos inanimados. Melissa estava certa: ele precisava sair mais. Aquela solidão toda não estava lhe fazendo bem. Já estava com medo da deterioração de sua saúde física — não queria precisar se preocupar com a mental também.

Mas por que a boneca estava falando se não tinha sido acionada? Talvez estivesse quebrada; talvez algum problema com o mecanismo fizera a ativação de voz funcionar de forma errada. Fosse aquela a causa ou não, Stanley não gostava nada do efeito.

— A gente gosta de você — disse o brinquedo, com a mesma vozinha fina que Stanley antes achara encantadora.

Desconcertado, o rapaz pegou a boneca e a analisou de perto. Talvez o botão que controlava o mecanismo de voz tivesse passado batido. Talvez fosse possível desligar o sistema.

A boneca estava sem um dos braços. Esquisito... Ele achava que estava intacta na noite anterior.

— O que aconteceu com seu braço? — perguntou Stanley.

— Me leve para casa — repetiu a bonequinha de um braço só.

— Não.

Ele tinha dito que não falaria mais com o brinquedo, então o que estava fazendo?

Por alguma razão, a boneca não parecia mais tão fofa. Ele não sabia explicar por quê, mas a simples ideia de tê-la ao lado em seu apartamento era aterrorizante. Também não estava lá muito empolgado com a presença dela na fábrica.

De repente, Stanley lembrou que, no dia anterior, ao pegar a boneca, notara um arranhão na pintura do rosto. Mas a marca havia desaparecido. Também lembrou que, em outra noite, vira um pequeno rasgo no tutu de bailarina. Naquela madrugada e na anterior, porém, o tutu estava perfeito.

A gente gosta de você.

A gente.

De repente, Stanley entendeu tudo. Não era a mesma boneca na mesa todas as noites, e sim um exemplar diferente a cada vez. Sem dúvida era o mesmo *modelo* de brinquedo, mas havia várias pequenas diferenças.

O que aquilo significava? Independentemente do que fosse, era estranho e perturbador, e ele não queria ter conexão alguma com aquela coisa. Abriu a gaveta da mesa, jogou a boneca de um braço só dentro e a fechou. Pronto. O que os olhos não veem o coração não sente.

Depois que fosse ao médico e resolvesse aquelas questões de saúde, qualquer que fossem, Stanley decidiu que ia procurar um emprego novo, como Melissa sempre o encorajara a fazer. Ela dizia que estavam sempre precisando de seguranças no tribunal. Assim, ele poderia trabalhar de dia e conviver e conversar com pessoas de carne e osso. Talvez ele e Melissa pudessem almoçar juntos às vezes. Se trabalhasse de dia, o horário de Stanley seria o mesmo dos amigos, e ele poderia voltar a sair com alguns deles. Convidaria os rapazes para seu apartamento, que manteria imaculadamente limpo, e pediriam pizza e veriam futebol juntos.

Quem sabe ele até arranjasse outra namorada. Poderia começar chamando Katie para sair. Mesmo que ela negasse, ter a coragem de pedir seria um bom primeiro passo na direção certa.

Assim que estivesse melhor de saúde, um trabalho no tribunal seria a solução de todos os seus problemas. Passaria a frequentar um local ensolarado e com movimento — nada como aquela sala, escura, detestável e solitária. Stanley pensou no futuro e sentiu uma leve esperança.

Disse a si mesmo que não podia voltar a adormecer. Iria conseguir aquele emprego. As telas eram chamadas de monitores porque a função dele era monitorar as imagens. Mas seu corpo, por qualquer que fosse aquela emergência médica, estava no limite, e Stanley tombou de exaustão. Ele se largou na cadeira, fechando os olhos, e sua cabeça caiu para trás. Mergulhou na escuridão.

Estava na cadeira de um dentista. A assistente era uma robô com roupa de bailarina. Ao contrário da boneca, o rosto dela estava pintado para que parecesse feminina e bela, com cílios compridos, lábios cor-de-rosa e círculos rosados nas bochechas. O "cabelo" azul e metálico estava preso num coque de balé. Ela pairava acima do rapaz, segurando o que pareciam vários cintos largos.

— A gente precisa prender você — disse ela, com a voz feminina e sedutora. — O doutor não gosta de ninguém se debatendo.

Então ela amarrou Stanley à cadeira passando as faixas de couro ao redor dos ombros, dos braços e das pernas. O rapaz queria se mover, queria resistir, mas parecia incapaz de fazer o corpo agir. Estava paralisado.

O dentista entrou usando óculos de segurança e uma máscara cirúrgica. Stanley estava deitado no assento, com a boca aberta e as mãos agarrando os braços da cadeira com tanta força que os nós dos dedos estavam brancos. O homem era taciturno e rude, e tentava abrir a boca de Stanley cada vez mais. Não, repetia o jovem mentalmente. Pare! Não tem como abrir tudo isso! Não dá! O dentista levou a mão ao rosto e tirou os óculos e a máscara. O que Stanley viu foi uma máscara branca de palhaço com duas grandes órbitas escuras e um imenso sorriso preto. Íris de um amarelo brilhante cintilavam dentro dos buracos. O rosto. Ele conhecia aquele rosto... As mãos da coisa forçaram ainda mais sua boca, mais do que era possível suportar. Seus lábios começariam a rasgar nas laterais, o maxilar ia se quebrar...

Stanley acordou, mas a sensação de estar sendo esticado não passou.

Aquele rosto no sonho... Stanley conhecia aquelas feições. Era...

O rapaz foi distraído dos pensamentos por algo que sentiu no próprio rosto. Havia algo se movendo nele.

A bailarina estava de pé em seu queixo, usando o único braço e uma das pernas para esticar a boca de Stanley o suficiente para... o suficiente para o quê?

Ele sentiu o coração acelerar quando finalmente entendeu. *O suficiente para passar por ela.*

Stanley ergueu o braço dormente para jogar a bailarina para longe. Ela era leve e voou pela sala, batendo na parede com um baque surdo antes de cair toda desajeitada no chão. Ele apoiou os braços na mesa para se levantar. Ficou de pé, e a sensação de estar sendo esticado tomava seus braços, suas pernas, sua barriga e seu peito. Entendeu que o que sentia eram dezenas de bracinhos forçando sua pele de dentro para fora. Bracinhos dentro de seus braços, de suas pernas, de sua barriga, de seu peito... Quantos?

A dor na garganta tinha começado na noite do aparecimento da primeira boneca.

Não era de se admirar que Stanley estivesse com dificuldades de comer ou beber: noite após noite, as bonecas estavam entrando por sua boca e descendo pela garganta enquanto o vigia dormia, atravessando as passagens estreitas de seu corpo como exploradoras numa caverna escura e úmida. Ele sentiu nojo. Teve vontade de vomitar, mas não havia nada em seu estômago para ser vomitado. Nada além de ácido e medo.

Queria poder voltar à época em que não sabia o que havia de errado com ele, em que apenas achava que tinha contraído algum vírus ou infecção esquisita. As pessoas sempre falavam que, no que dizia respeito a condições físicas, saber era melhor do que não saber. Naquele caso, era o contrário: saber era muito, muito pior.

Stanley cambaleou para fora da sala e seguiu pelo corredor. Sua mente o mandava correr, mas ele estava fraco demais. As paredes das instalações pareciam estar se fechando ao redor dele. Nunca gostara do lugar. Precisava escapar dali de uma vez por todas, disse a si mesmo, e faria aquilo nem que precisasse se arrastar. A pressão dentro dele aumentava cada vez mais. Parecia que as bonecas estavam furiosas, com os vários punhozinhos dando socos e as várias perninhas chutando Stanley por dentro. Mas ele viu a placa de SAÍDA brilhando em verde logo acima. Verde significava que era para seguir em frente, disse a si mesmo. Se conseguisse sair, se conseguisse estar onde houvesse luar e ar fresco para respirar, conseguiria pensar no que fazer. Stanley se apoiou na parede e tropeçou na direção da placa.

Uma vez do lado de fora, tentou respirar, mas o que entrou por seu nariz foi o fedor de lixo orgânico. Estava tão cansado e doente que queria apenas se deitar no chão, mas precisava achar uma forma de subir os degraus. Precisava subir a escada, entrar num táxi e ir até o pronto-socorro, onde diria que... o quê? *Tem várias bonequinhas dentro de mim. Entraram pela minha boca enquanto eu dormia.* Sem dúvida, iam querer interná-lo numa clínica psiquiátrica. Talvez, se conseguisse convencer algum médico a fazer um raio X, veriam que as bonecas eram reais...

Vozes. Os pensamentos de Stanley foram interrompidos por vozinhas abafadas e agudas. Soavam baixas porque estavam vindo de dentro dele.

Do braço esquerdo:

— *Gosto de estar perto de você.*

Da perna direita:

— *A gente gosta de você.*

Da barriga:

— *Você é tão quente e fofinho!*

Stanley tropeçou e quase caiu. Estava cada vez mais difícil ficar de pé. A pressão aumentava, tornando-se mais e mais insuportável. Ele parecia prestes a explodir. Será que era possível? Pessoas podiam explodir?

Ele distinguiu a silhueta da bonequinha de um braço só na porta das instalações, na posição de pirueta. As íris amarelas das órbitas escuras e cavernosas fitavam Stanley como lasers. Ela estava com um sorriso enorme. Inclinou a cabeça de um jeito que, em outras circunstâncias, poderia ter sido fofo.

— Tem espaço para mais uma? — entoou a boneca.

A força de Stanley chegou ao fim, e ele caiu de joelhos. A boneca de um braço só foi saltando na direção do jovem com a graça de uma bailarina.

Ele não conseguiu se segurar. Abriu a boca para gritar.

O GAROTO NOVO

— É um dia claro e ensolarado, o tipo de dia que faz as pessoas sentirem que precisam fazer alguma coisa, e alguma coisa divertida, ou então "serem produtivas". — Devon fez um sinal de aspas com a mão esquerda, torcendo para que ninguém notasse as cutículas mordidas e as unhas roídas. Então continuou, no que esperava ser um tom sinistro: — É o tipo de dia em que mães fazem os filhos cortarem a grama. Mas hoje não é dia de cortar grama. É dia de festa de aniversário.

Ele ouviu murmúrios se espalharem pela sala de aula. Alguém riu baixinho, mas Devon não ergueu os olhos do papel. Manteve a cabeça baixa, com o cabelo comprido cobrindo parte do rosto como um escudo de proteção contra a turma.

Normalmente, Devon odiava falar na frente da sala, por qualquer motivo que fosse. Mas, naquele dia, ele tinha uma missão. Já que tinha que ler aquela redação idiota na aula de literatura, que ao menos saísse por cima.

O garoto prosseguiu com a história, descrevendo a cena de uma festa de aniversário cheia de criancinhas escandalosas de quatro anos. Leu sobre os balões, os palhaços e o pula-pula colorido montado no meio do gramado verdejante.

— Mas o pula-pula dessa festa é diferente. Ninguém sabe disso ainda, mas vai descobrir... agora.

Ele fez uma pausa dramática.

Não ouviu nada. Os colegas e a professora, a sra. Patterson, poderiam muito bem ter desaparecido e ele nem notaria, mas o garoto decidiu que continuaria de cabeça baixa, focado na história.

Devon foi adiante:

— E a pequena Halley está subindo no pula-pula. É a primeira a entrar. Sua irmã, Hope, vai logo atrás.

Será que foi um arquejo o que ele tinha escutado vindo da terceira fileira de carteiras? Achava que era. Ótimo. Tinha a atenção do público. Ele sorriu.

— Halley está quase dentro do pula-pula, o rosa-choque do vestido contrastando com o chão molenga de vinil vermelho do brinquedão. "Mais rápido", diz Hope para Halley, empurrando o traseiro da irmã. A menininha se arrasta devagar, até que de repente é puxada para dentro do pula-pula. Hope dá uma risadinha e vai atrás.

Devon parou de ler de novo. Estava chegando à parte boa.

— Em breve, Hope vai desejar nunca ter seguido a irmã. Ela olha para baixo ao entrar no brinquedo, mas quando se dá conta já está lá dentro. Ao levantar a cabeça, vê o corpo da irmã dilacerado, estirado no vinil vermelho. Não, espere! O material não é vermelho. Está coberto de sangue, isso sim. — Devon tinha mesmo acabado de ouvir um grito? Continuou lendo: — E o pula-pula não é um pula-pula. É uma boca imensa, mastigando e se abrindo cada vez mais, e Hope, agora aos gritos, escorrega para dentro de...

— Chega! — gritou a sra. Patterson.

O garoto pestanejou, mas não ergueu o rosto. Não tinha terminado.

— Devon Blaine Marks. — A sra. Patterson cuspiu cada um dos três nomes do garoto como se fossem projéteis.

Antes que ele pudesse responder, a grande mão quadrada da professora surgiu na linha de visão de Devon e arrancou a redação de sua mão. As páginas farfalharam, e ele sentiu a dor aguda do papel cortando a pele entre o polegar e o indicador.

A sala de aula ficou tão silenciosa que dava para ouvir um passarinho cantando do lado de fora da janela. Devon enfim encarou a sra. Patterson.

— O que foi?

— O que foi? — repetiu a mulher, balançando a cabeça, fazendo o rabo de cavalo loiro dançar freneticamente.

Ela era a professora de literatura da escola, mas também atuava como técnica do time feminino de basquete. Tinha um porte avantajado, alta e de ombros largos. Era bem maior que Devon, que, com seu 1,75 metro, era alto para a idade. Se ele ao menos tivesse alguma coordenação motora para ser jogador de basquete... talvez pudesse fazer parte do...

— Devon. — A sra. Patterson abrandou o tom de voz, naturalmente mais grave, e o garoto se virou para ela.

Conseguiu até manter o contato visual e não desviar daqueles olhos azuis intensos e assustadores. Todo mundo da turma concordava: a professora era capaz de reduzir qualquer um a uma pilha de fumaça e cinzas apenas com um olhar. Devon ficou grato por ainda estar inteiro.

— Vá para a sala do sr. Wright — ordenou a mulher.

Devon ficou contemplando a história que escrevera, toda amassada na mão da professora. Queria argumentar, mas apenas deu de ombros e seguiu na direção da porta.

Heather se sentava na segunda carteira da terceira fileira perto da saída. Quando Devon passou, aproveitou para observá-la. Será que havia funcionado?

A garota estava olhando para ele. Só para ele! Aí, sim!

Heather Anders — uma das meninas mais populares da sala e de longe a mais bonita — nunca tinha sequer *dirigido o olhar* para Devon. Nunca, nunquinha, nem uma única vez. Era como se, para Heather (e praticamente para todo o restante da sala do nono ano), ele não existisse. Se um dia a garota havia notado sua existência, não dera a mínima, considerando-o um mero elemento do cenário, como uma lousa ou uma cadeira. Não fosse pelo melhor e único amigo de Devon, Mick, e a bem-intencionada mas irritante mãe dele, o garoto não teria tanta certeza de que de fato existia.

Mas, naquele dia, Devon tinha certeza. Heather olhara para ele. Triunfante, o garoto sorriu para ela e fez um joinha, saltitando em direção à porta.

Heather bufou.

— Meu Deus, Devon. Que história perturbadora, sério.

O sorriso de Devon ficou ainda maior. Ele assentiu e saiu da sala a passos largos, como se estivesse indo para uma reunião importante, e não para a diretoria.

Tinha conseguido.

Ainda que Heather nunca tivesse reparado na existência de Devon, o garoto a analisava com cuidado. Observava seus movimentos. Ouvia o que ela dizia. Queria saber tudo a seu respeito.

Na semana anterior, enquanto Mick tagarelava sobre o super-herói pelo qual andava obcecado, Devon ficara de antena ligada, atento a uma conversa de Heather com as amigas. Ela estava reclamando sobre as irmãs, Halley e Hope, gêmeas de quatro anos.

— Elas me deixam maluca — contara a garota para Valerie, sua melhor amiga. — Pirada real, juro. Sempre preciso cuidar delas, e *odeio*. Vira e mexe elas tocam o terror, quebram alguma coisa, sei lá, e aí sou *eu* que me ferro. *Odeio as duas!*

Naquele mesmo dia, a sra. Patterson passara a tarefa de redação, pedindo à turma que escrevesse um conto original para a aula seguinte. Foi quando Devon viu sua chance. Não só viu, como a agarrou com todas as forças. E havia aproveitado ao máximo a oportunidade.

Aquela empreitada custara a ele uma ida à diretoria, mas Devon não dava a mínima. Os melhores artistas tinham sentimentos profundos espreitando sob a superfície... e, geralmente, esses sentimentos eram incompreendidos.

Devon e Mick se encontraram depois da aula no lugar de sempre, nos fundos do terreno da escola, perto do estacionamento dos professores. Devon mal podia esperar para contar ao amigo o que tinha acontecido com Heather. Nem havia passado por sua cabeça olhar para Mick antes de sair da sala, então não sabia se ele notara o que havia acontecido. Mick vivia sonhando acordado. Com frequência era pego olhando pela janela, para sabia-se lá o quê.

Quando Devon o alcançou, Mick estava equilibrando nos braços a mochila roxa, um tigrinho de papel machê, um copo de plástico colorido com canudo em espiral, uma pilha de livros que obviamente não caberiam na mochila já estufada e metade de um pacote de bolinhos de chocolate. Seu lábio ainda estava sujo com a cobertura branca do quitute devorado.

Devon apontou para a boca do amigo.

— Hein? O que foi?— perguntou Mick. — Ah.

Mick limpou o rosto com as costas da mão que segurava o tigre, o que fez parecer que o animal o estava atacando. Acabou derrubando a pilha de livros, que se espalharam para todos os lados no chão.

Devon balançou a cabeça e se abaixou para recolher as tralhas do amigo. Jogou tudo dentro da própria mochila azul-marinho, que estava quase vazia. Já havia feito a tarefa de casa durante o tempo que ficara detido na diretoria — e, ao contrário de Mick, Devon só lia livros se fosse obrigado.

— Foi mal. Ah, pegou tudo? — perguntou Mick. — Valeu. — Ele semicerrou os olhos, encarando Devon através dos óculos redondos de armação fina, e tirou a franja ruiva da testa sardenta, deixando o cabelo todo arrepiado. — Cadê seu projeto de arte?

— Joguei no lixo.

— Por quê? Seu polvo de quatro cabeças tinha ficado muito maneiro.

Devon deu de ombros. Não sabia como explicar ao amigo que fazer animais de papel machê era coisa de criança e que o professor de artes, o sr. Steward, tinha não só dado uma nota baixa para seu projeto como também lhe passado um belo sermão sobre seguir instruções em vez de fazer o que bem entendia.

— Era para ser a representação de um animal *de verdade*, sr. Marks — dissera o professor.

— E como o senhor sabe que não existe polvo de quatro cabeças? — retrucara Devon. — Só cinco por cento do oceano foi explorado.

O sr. Steward desistira de argumentar.

Devon não gostava de ler *livros*, mas não significava que não lesse. Passava a maior parte do tempo na internet.

Mick enfiou um segundo bolinho na boca, e os garotos tomaram o caminho de casa.

O canudinho de Mick fez barulho quando ele o sugou.

— Que conto bizarro, Dev. Meio que me fez dar uma gorfadinha na boca.

Devon deu um empurrão de brincadeira em Mick.

— Que nojo, cara.

— Não mais que a sua história.

— Enfim. Você viu o que a Heather fez?

— Ela ficou, tipo, superbranca — respondeu Mick. — Pálida, sabe? Achei que fosse desmaiar.

— Sério? Mas viu que ela olhou para mim?

Mick franziu a testa, e Devon se abaixou para pegar uma pedra redonda do chão. Depois a jogou na direção de uma placa de PARE, acertando o meio do "A" com um estalido metálico.

— Hum... Eu vi ela olhar para você como se estivesse querendo te matar.

— Nada... Não ouviu o que ela falou? — perguntou Devon.

O amigo ajustou as alças da mochila.

— Ouvi. Ela disse que achou a história perturbadora.

— Então. "Perturbadora" é bom para uma história de terror.

Mick fez uma careta.

— Hum, acho que não.

Devon deu de ombros, pegou outra pedra e a jogou num poste de metal. Conseguiu fazer algo retinir, o que o deixou satisfeito.

— O que importa é que ela me notou. Falou comigo.

O outro garoto retorceu a boca pequena.

— E isso é bom?

— Com certeza!

Tinham chegado ao pátio ferroviário que ficava a quase um quilômetro da escola. Começaram a transitar por entre os vagões abandonados cobertos de grafites. O lugar cheirava a óleo e aguarrás, e retumbava com sons das rodas dos trens batendo com uma velocidade letárgica nos trilhos velhos e sujos. Quando chegaram ao fim do pátio, adentraram a floresta que se estendia por quilômetros ao norte e abrangia o bairro onde os dois garotos moravam, a oeste. A mata era densa, formada por imensos abetos e pés de cicuta, que cresciam tão próximos uns dos outros em alguns lugares que as copas bloqueavam o sol, criando uma penumbra perpétua. Em dias nublados, a floresta ficava ainda mais escura; era como uma única sombra imensa, engolfando e arrefecendo o caos barulhento, resplandecente e frenético que as pessoas chamavam de vida real. Devon amava a escuridão, e em dias como aquele era um alívio estar entre as árvores e deixar a claridade fulminante para trás.

Mais ou menos na metade do caminho entre o pátio e a região onde moravam, se seguissem pela extremidade da vegetação chegariam ao "clubinho", um espaço que tinham montado num posto de gasolina abandonado e engolido pela mata. Ao longo dos seis anos de amizade, haviam passado quase todas as tardes depois da escola e boa parte dos fins de semana no lugar.

Se quisesse ser honesto, o que Devon não queria, ele diria que achava que estavam um pouco velhos demais para ter um clubinho. Tudo bem ter algo assim no começo do ensino fundamental, talvez até na metade, mas, agora que estavam quase no ensino médio, clubinhos eram infantis demais. Devon já se sentia muito crescido para brincar de pirata e caubóis do espaço, e não via mais a coleção de porcarias reunida ao longo dos anos como "tesouros". Não queria ser metade de uma dupla que não tinha para onde ir depois da aula a não ser um posto de gasolina caindo aos pedaços. O que não significava que era contra o clubinho. Podia não ser mais tão divertido como quando ele e Mick eram pequenos, mas era um local em que podia fugir de toda a merda da vida real. Um local para onde poderia ir e esquecer a escola e a pressão que a mãe colocava sobre ele para que "fosse alguém na vida". "Não acabe como eu, Devon. Seja alguém na vida", dizia ela, várias e várias vezes, e...

— Não acha? — questionou Mick.

— O quê?

Quanto tempo tinha andado ao lado do amigo sem ouvir o que ele estava dizendo? Devon não fazia ideia do que havia perdido, mas pensou que não devia ser muito importante. O último assunto favorito de Mick era o jogo eletrônico de matemática no qual estava trabalhando. "Vai ser tipo brincar de detetive, mas com códigos", explicara Mick para Devon.

Na escola, os dois amigos tiravam Bs e Cs, com um ou outro D aqui e ali, não porque fossem burros — não eram. Devon só não se importava com a escola o bastante para "ser aplicado", nas palavras da mãe. A escola o entediava. Por que se esforçar? O problema de Mick era um pouco mais sério: ele tinha algumas dificuldades de aprendizagem que Devon não compreendia muito bem e às vezes não conseguia focar. "Não vamos rotular o menino", era o que dizia o pai de Mick (segundo o próprio), então o garoto nunca fora ao médico para verificar o que podia estar acontecendo. Basicamente, pelo que Devon percebia, Mick era um geniozinho que não tinha traquejo social suficiente para se virar na escola, mas não estava nem aí para isso. Era um garoto apaixonado por comida (motivo por que era levemente rechonchudo) e mundos fantásticos de todo tipo. Mick era grande para a idade, quase tão comprido quanto

Devon. A calça de veludo de cintura alta e as camisas de botão e manga curta dele gritavam "nerd", mas aquilo não parecia incomodá-lo. Devon sentia que, no futuro, Mick provavelmente abriria uma empresa de jogos e ficaria trilhardário.

— Devon!

Mick puxou a camisa do amigo.

— O que foi?

Devon piscou e olhou ao redor.

Já deviam ter chegado ao clubinho. Verdade. Ali estava o velho cedro com o tronco rachado, então...

Cadê o posto de gasolina?

— Sumiu — disse Mick, baixinho.

Ele tinha razão. O posto de gasolina não estava mais lá. No lugar, havia uma imensa retroescavadeira amarela ao lado de uma pilha de escombros, como um dragão esperando para cuspir fogo no inimigo derrotado.

Mick se largou num tronco caído.

— Mas... — Ele observou o terreno e suspirou. — Nossos tesouros...

Estranhamente maravilhado com a demolição do clubinho, Devon se virou para o amigo. Os grandes olhos castanhos do garoto estavam úmidos, e ele esfregava o nariz.

Devon se sentou ao lado de Mick e pousou o braço sobre os ombros dele.

— Ei, está tudo bem.

— Não está! Olha!

— É, estou olhando.

— Todos os nossos tesouros... — repetiu Mick.

— É. Mas a gente pode encontrar coisas novas.

Não que Devon quisesse, mas Mick não precisava saber.

— Mas agora nosso clube não tem mais sede!

Devon deu um meio abraço em Mick, grato por não haver ninguém perto para ver.

— A gente vai encontrar outro lugar.

— Sério?

— Sério. E, nesse meio-tempo, tem a floresta.

Ele acenou para a mata.

— Ah, sim, serve em dias como hoje, mas...

— Deixa comigo — falou Devon. — Por enquanto, vamos só ficar de boa aqui. Estamos juntos nessa, não importa o que rolar, certo?

Ele estendeu o indicador direito.

Mick sorriu e assentiu.

— Juntos.

Também estendeu o dedo e o entrelaçou ao de Devon. Ambos puxaram os dedos num cumprimento e depois soltaram.

Devon tirou a mochila das costas e abriu o zíper do bolso.

— Guardei os biscoitos com gotas de chocolate que trouxe para o almoço. Pode ficar com eles, se quiser.

Os olhos de Mick brilharam.

— Sério? Batuta!

Devon revirou os olhos mentalmente. Estava acostumado ao apreço de Mick por gírias antigas ou até mesmo inventadas, o que não significava que sempre gostava delas.

Enquanto o amigo devorava o biscoito, Devon disse:

— Acho que hoje é um grande dia. — Ele acenou para os escombros do posto de gasolina. — Acho que isso é um sinal de que tem algo novo chegando, algo grande. Quer dizer, a Heather *falou comigo* hoje. Agora só preciso descobrir outras formas de chamar a atenção dela.

Mick parou de mastigar. Limpou as migalhas do queixo.

— Hum... Não sei muito bem se chamar a atenção dela é necessariamente uma coisa boa. Tem vários tipos de atenção, certo?

Devon deu de ombros.

— Que seja. — Estava feliz com o resultado do plano naquele dia e não permitiria que Mick cortasse seu barato. — Ei, por que a gente não vai fuçar naquelas pilhas de destroços para ver se achamos algo legal?

Mick, que terminara o biscoito, sorriu.

A sra. Patterson ainda parecia irritada com Devon e sua história de terror. Em vez de ignorá-lo, como sempre, fulminou o garoto com o olhar enquanto ele se sentava em seu lugar de costume, ao lado de Mick. Heather ainda não tinha chegado.

Assim que Devon se acomodou, Mick se inclinou e cutucou o braço do amigo.

— Ei, Dev, você precisa conhecer o Kelsey. — O amigo se recostou no lugar e apontou para um garoto novo, sentado à esquerda dele. — Kelsey, esse é o Devon. Dev, esse é o Kelsey.

— Fala — cumprimentou Kelsey, abrindo para Devon um sorriso que parecia genuíno e amigável.

Sério?

Devon tinha visto Kelsey mais cedo naquela manhã. Estava parado perto das escadas, observando outros alunos. Tanto antes quanto ali na sala de aula, Devon teve a impressão de que o novato não parecia o tipo de gente que faria amizade com alunos como Mick e ele. Devon não usava roupas nerds como Mick, mas não parecia em nada um garoto normal. Era magro demais para a idade e tinha várias características que odiava: os dentes eram supertortos, mas ele não usava aparelho, porque a mãe não tinha como arcar com o tratamento. Também tinha orelhas de abano — mesmo com o cabelo bastante comprido e bagunçado, as orelhas ainda despontavam para fora. Além disso, seu pescoço era longo demais e seus olhos castanho-escuros eram muito pequenos e muito próximos um do outro. No começo do ensino fundamental, os valentões da escola chamavam Devon de Cara de Passarinho. A mãe costumava dizer que ele era só um cisne prestes a desabrochar. Aham, claro.

Mas aquele garoto novo… era bonito (Devon sabia do que meninas gostavam nos caras) e sorria para Devon como se o jovem merecesse aquele sorriso. Só que ele já tinha visto Kelsey sorrir da mesma forma para vários outros alunos quando o observara nas escadas.

O sorriso de Kelsey fazia Devon se sentir ridiculamente bem.

— O Kelsey acabou de se mudar para cá — explicou Mick.

Devon resistiu ao ímpeto de responder com um "Jura?".

— O pai dele é empreiteiro — continuou Mick. — Veio para cuidar daquela obra do complexo de hotéis e escritórios que meu pai tentou pegar e não conseguiu.

O sorriso e o brilho nos olhos do amigo deixavam claro que as palavras não continham rancor algum.

Mesmo assim, Devon viu a animação de Kelsey vacilar por um instante.

Sem saber o que responder, Devon disse apenas:

— Saquei.

Já era bem ruim que Mick tivesse acabado de mencionar o pai, quase sempre desempregado e que vivia se queixando de como outros empreiteiros ganhavam todas as concorrências. Devon só torcia para que o papo não o obrigasse a revelar que a mãe era faxineira, com um salário que mal dava para pagar as contas. Ainda assim, ela parecia pensar que o filho se orgulhava de ver que os dois "estavam se virando". Ele não se orgulhava.

— Falei para o Kelsey que ele podia ficar com a gente no almoço — disse Mick.

— Legal — respondeu Devon, achando pouco provável que o garoto novo de fato *quisesse* ficar com eles.

No entanto, Kelsey abriu um sorriso.

— Adorei o convite.

Devon ergueu uma sobrancelha, analisando o novato: cabelo encaracolado, olhos azuis, dentes retinhos, ombros largos, jeans estiloso rasgado e camiseta preta meio desbotada.

— Legal — repetiu ele.

O som caótico de várias conversas misturadas ao farfalhar de roupas, arrastar de cadeiras e ruídos de livros sendo colocados na mesa indicou que a sala estava se enchendo. Devon sentiu uma lufada do perfume cítrico de Heather e se virou na cadeira para ver o brilho lustroso do cabelo ruivo e liso da garota. Ela estava usando uma blusa verde-escura que combinava com o tom das madeixas.

— Certo, sosseguem o faixo agora. Hora de começar — anunciou a sra. Patterson.

• • •

Para o choque de Devon, Kelsey de fato passou o almoço com ele e com Mick.

Era outro dia de céu limpo, e estavam todos do lado de fora, apinhados ao redor das mesas de piquenique montadas perto da entrada do refeitório ou de preguiça no gramado que se estendia da calçada da escola até o estacionamento. Devon e Mick se acomodaram na base do muro de pedra próximo dos mastros das bandeiras.

A pedra era áspera, mas estava quente. Devon procurava Heather e Mick tagarelava sobre como sanduíches de manteiga de amendoim e mel eram *deliciosos*, quando Kelsey se aproximou e se sentou de pernas cruzadas na frente deles.

Devon olhou ao redor para ver se alguém estava dando atenção àquela chocante interação social. Várias pessoas de fato estavam. Alguns dos atletas da escola cumprimentaram o garoto com um "Ei, Kelsey" quando passaram. O garoto novo sorriu e respondeu "Fala, Kurt. Fala, Brian". Também assentiu para um grupo de meninas numa mesa próxima, que retribuiu o gesto. Depois, se voltou para Mick e Devon.

— Fiquei sabendo que a comida aqui é uma porcaria, então trouxe meu próprio almoço — informou o aluno novo.

Mick agitou o "delicioso" sanduíche no ar.

— Isso aí — falou ele, com a boca cheia de manteiga de amendoim.

Kelsey riu. Riu de verdade — não *de* Mick, e sim *com* Mick, como se o garoto fosse hilário. Ele abriu um saco de papel pardo todo amassado.

— Gosto do bom e velho patê de frango. Minha mãe faz um muito bom. — Depois apontou para o saquinho de Devon. — E você, trouxe o quê?

O garoto deu de ombros.

— Não estou com muita fome.

Então empurrou o almoço mais para dentro da mochila.

A verdade é que tinha levado um sanduíche de pão com mortadela. A mãe dele comprava os ingredientes no atacado, e ele odiava as duas coisas. Odiava o gosto e odiava como aquilo o fazia se lembrar do começo do ensino fundamental, quando achava que mortadela era a coisa mais gostosa do mundo. Ele era grande demais para gostar daquilo, mas o orçamento da família não tinha evoluído no mesmo ritmo que a sofisticação de seu paladar.

Kelsey deu uma mordida no lanche e olhou ao redor.

— Gostei daqui. O sol está gostoso.

— Viu, Dev? Pessoas normais gostam de sol. — Mick cutucou Devon com o pé e depois se virou para Kelsey. — O Dev gosta de tempo nublado. Se eu não conhecesse ele desde sempre, ia achar que é um vampiro.

O garoto novo inclinou a cabeça e olhou para Devon, que sentiu uma coisa esquisita, como se estivesse sendo avaliado, mas então Kelsey riu e se curvou na direção dele.

— Bom, ele não brilha no sol como os vampiros daquele filme. — O garoto voltou a rir. — Provavelmente não é um vampiro.

Forçando um sotaque assustador da Transilvânia, Devon disse:

— *Eu no querro chupar sua sangue.*

— Ei, Kelsey — chamou alguém, com uma voz musical e delicada.

Devon endireitou as costas. Era Heather.

— Oi, Heather. Achou o livro que indiquei para você? — perguntou Kelsey.

Ela parou a alguns metros do trio, sorrindo para o novato.

— Vou começar hoje à noite. — Depois olhou de relance para Mick e Devon. — Ah, oi, Devon.

O tom de voz com que ela cumprimentou Devon foi totalmente diferente do que usara para Kelsey. Devon notou, óbvio. Parte do cérebro dele informava que a entonação ríspida e severa de cada sílaba representava sarcasmo. Outra parte não estava nem aí: tudo que importava era que a garota tinha se dado ao trabalho de dizer oi para ele.

— Oi, Heather.

Ela franziu o nariz, abriu um sorriso de orelha a orelha para Kelsey e foi embora.

— Essa garota é linda — murmurou Kelsey, depois que Heather se afastou.

Ficou olhando para ela por alguns segundos, então passou a observar o resto dos estudantes. O olhar dele recaía aqui e ali sobre alguma pessoa específica antes de seguir para a próxima.

— É mesmo — concordou Mick. — O Devon acha...

— É, é mesmo — interrompeu Devon.

Ele se virou e encarou Mick com um olhar que gritava "bico calado". Mick foi sensato o bastante para voltar a comer seu sanduíche sem dar um pio.

Kelsey começou a falar sobre o experimento que tinham feito na aula de ciências, e Devon parou de ouvir. Ficou admirando Heather, envolvida numa conversa animada com as amigas.

Distraído, ouvia Kelsey e Mick discutirem reagentes químicos. Será que aquela era a sensação de não se sentir deslocado? Talvez não exatamente, mas era o mais perto que Devon chegara daquilo em anos.

Devon passou o resto do dia nas nuvens. Não se sentia bem daquele jeito havia muito tempo. Chegou até a erguer a mão na aula de matemática e responder a uma pergunta corretamente. O sr. Crenshaw ficou de queixo caído.

Ao atravessar a escola para encontrar Mick depois da última aula, passou por Heather e as amigas, conversando perto dos armários. Heather estava com as costas voltadas para o corredor, as outras garotas formando um semicírculo ao redor dela.

Devon viu Valerie e Juliet, além da terceira melhor amiga de Heather, Gabriella, cujo namorado, Quincy, também estava por perto. Por algum motivo que Devon não entendia muito bem, o rapaz parecia estar sempre andando com as três meninas.

— Decidi que vou produzir meus próprios filmes. — Heather jogou o cabelo para trás. — Não quero mais ser atriz. Quero estar atrás das câmeras.

Devon nem pensou duas vezes. Apenas parou ao lado dela e começou a falar, ignorando as amigas da garota.

— Se for mesmo fazer isso, devia investir em filmes de terror. Até os mais tosquinhos atraem bastante público.

Heather recuou um passo e olhou Devon de cima a baixo. Ele continuou tagarelando:

— E se quiser fazer filmes de terror, me fala. Tenho um primo que tem maquiagem e roupas de palhaço. Você podia fazer uma história de palhaço assassino.

Heather pressionou o dedo com a unha pintada de vermelho no peito de Devon e, enfatizando cada palavra com o que talvez fosse desprezo (mas talvez não), pronunciou:

— Que ideia clichê. Já fizeram isso... até demais, inclusive.

Então se virou e saiu marchando. As amigas a seguiram, mas não sem que antes Valerie balançasse a cabeça e dissesse, com os cachos dourados se agitando:

— Você é bizarro, garoto.

Devon ficou observando o grupo se afastar, esfregando o peito onde Heather o tocara. Ela tinha encostado nele!

No caminho de volta para casa, Mick ficou esperando Devon falar sobre sua busca por um novo local para o clubinho, mas o tópico abordado pelo amigo foi outro.

— Ela encostou em mim, pra valer! — dizia Devon.

Tinha acabado de contar a Mick que conversara com Heather no corredor. Para Mick, Devon só tinha feito papel de bobo, mas o amigo não via as coisas dessa forma, interpretando o comentário e o gesto de Heather como coisas empolgantes.

Mick estava um pouco preocupado com Devon. O amigo parecia meio iludido. Não era uma questão de achar que Devon não merecia a atenção de Heather — sem dúvida merecia. Os pais de Mick tinham ensinado a ele que aparência não significava nada e que todos mereciam amor e felicidade, mas tinha que admitir que não sabia muito bem se o mundo funcionava daquele jeito. Mick não vira evidências daquele tipo de atitude na escola, por exemplo, mas confiava nos pais.

Uma abelha passou zumbindo rente ao nariz de Mick, que saltou para trás e agitou o copo de plástico na frente do rosto, chacoalhando o líquido dentro dele. Ele ficou observando Devon jogar uma pedra num engate na parte de trás de um dos vagões. Acertou em cheio. Já suas jogadas com Heather sempre batiam na trave. A última tentativa de Devon de bater um papo casual com a garota havia sido uma baita bola fora.

Mick sorriu. O pai teria se orgulhado daquelas metáforas. O menino não era muito fã de esportes quando mais novo, mas ultimamente andava curtindo futebol, que o pai amava. Mick gostava de acompanhar os resultados e estatísticas da partida.

À medida que adentravam mais e mais a mata, ele perguntou:

— Ei, Dev… e o novo lugar para o clubinho?

— Quê?

Devon estava falando sobre o cabelo de Heather. Ele pestanejou e olhou para Mick, confuso.

— O novo lugar para o clubinho? — repetiu Mick.

— Ah, verdade. Então, estou procurando um lugar bom, mas enquanto isso decidi que a gente vai esconder uma manta, uma lona e algumas cordas no meio da mata. A gente pode construir um forte e fingir que é nosso acampamento.

Mick sorriu.

— Que supimpa! De estourar a boca do balão, hein?

O garoto notou o suspiro de Devon. Sabia que o amigo não curtia muito aquelas expressões dele, mas não ligava. Mick ficava feliz de usá-las, e gostava de tudo que o deixava feliz. Tinha quase certeza de que Devon achava que ele não fazia questão de se enturmar na escola, mas Mick queria se enturmar, *sim*. Tanto que se chateava ao ver que todo mundo ignorava os dois, mas a alternativa — dar a cara a tapa e ser rejeitado — era algo que Mick não estava de jeito nenhum disposto a encarar. Ele e Devon costumavam lidar com a questão da mesma forma: ignorando todas as outras pessoas e fazendo o que bem entendiam. Mas agora Devon parecia desesperado para se encaixar, e Mick, por outro lado, preferia continuar em seu mundo de fantasia. O mundo de fantasia era bom. O mundo real definitivamente não era.

Depois de alguns minutos, os dois chegaram a uma região onde algumas cicutas isolavam uma área repleta de pedras grandes. De trás de uma delas, Devon tirou uma manta, uma lona e algumas cordas. Juntos, conseguiram esticar a lona para formar um teto inclinado dos dois lados; depois abriram a manta no chão entre as rochas.

— Vamos pensar juntos, então — disse Devon, enquanto se acomodavam.

Mick ofereceu uma batatinha sabor barbecue que tinha comprado depois da escola. Todo dia, a mãe dava a ele um dinheiro para algum lanchinho do tipo. Era a recompensa por ter sobrevivido a mais um dia. Às vezes, o garoto escolhia algo doce. Quando era o caso, geralmente comia na hora. Em outras ocasiões, pegava algo salgado e guardava para dividir com Devon.

— Sobre o clubinho? Vamos pensar juntos sobre isso? — perguntou Mick.

Devon mastigou o salgadinho.

— O quê? Não. Sobre Heather, e sobre fazer o máximo para me dar ainda melhor com ela.

— Como assim? Cara, você *não* está se dando bem com ela ainda.

O garoto o ignorou.

— Preciso achar um jeito de impressionar a Heather.

— Isso nunca é uma boa ideia — rebateu Mick.

— O quê?

— Fazer algo para impressionar alguém. Minha mãe diz que é assim que garotos cometem erros idiotas.

Devon jogou uma pedra numa samambaia que crescia na base de uma das árvores onde haviam prendido a lona.

— Quem se importa com o que sua mãe fala?

— Eu...?

— Bom, não deveria.

— Então que tal a gente conversar sobre a trilha que vamos fazer no sábado? — Mick mudou de assunto. — Meu pai disse que se a gente continuar alguns quilômetros a mais no sentido norte, encontramos uma cachoeira bem da hora.

— Talvez a gente devesse procurar locações para os filmes de terror da Heather — propôs Devon. — Eu podia fazer uma lista. Acho que ela ia ficar feliz.

— Parece que tem uma planta rara que cresce perto da cachoeira — insistiu Mick. — Ia ser show de bola se a gente encontrasse.

— Por que a Heather ia querer assistir a um show de bola? — perguntou Devon, distraído.

Mick riu, mas depois entendeu que Devon estava falando sério. O amigo não tinha prestado a menor atenção ao que ele vinha dizendo. Mick suspirou. Devon estava enfeitiçado, e ele tentou pensar em uma forma de quebrar aquele feitiço.

• • •

Para a surpresa de Devon, Kelsey foi almoçar com ele e com Mick no dia seguinte. Levou sanduíches de patê de frango para os dois novos amigos.

— Achei que vocês iam gostar de experimentar. O pão é caseiro, feito pela minha mãe também. Fica muito bom mesmo — comentou Kelsey.

Naquele dia, o clima estava mais para o gosto de Devon: havia tantas nuvens se aglomerando no céu que a luz do sol mal conseguia passar.

— Ei — disse Kelsey, apontando para cima com o polegar. — Seu tipo de clima.

Como assim ele se lembrava daquilo?

Devon sorriu.

— É mesmo.

Tinha observado o aluno novo ao longo das aulas das duas matérias que cursavam juntos. Kelsey parecia estar fazendo amizade com todas as pessoas da turma. Como era possível?

Será que era só por causa da aparência dele? Das roupas? Naquele dia, Kelsey usava calça preta e larga com uma camiseta cinza e uma camisa xadrez preta e vermelha amarrada na cintura. Devon não ligava para moda a ponto de saber o que era certo ou errado vestir. Nem sequer tinha motivos para isso: a mãe tinha dinheiro para comprar no máximo duas calças jeans e algumas camisetas por ano, o que limitava as escolhas estilísticas dele.

— É sério que você conhece todos os tipos de nuvens? — perguntou Kelsey. — A gente aprendeu na escola ano passado, mas só consigo me lembrar da tal de *stratus*. Aquelas são o quê?

O garoto gesticulou para o céu de novo.

— *Cumulus* — respondeu Devon, sem pensar.

Talvez aquele fosse o segredo: Kelsey falava como se realmente se importasse com os interesses das pessoas. Será que era verdade ou só fingimento? Devon semicerrou os olhos e analisou o garoto novo. Ele perguntava a Mick sobre o super-herói do momento.

— Eu vi o último filme. Achei animal — comentou Kelsey.

Devon estava começando a se irritar.

Mas por quê? Por que estava incomodado com Kelsey? Deveria era ficar grato de ter o aluno novo andando com eles. E *estava* grato. Mas também estava zangado. Parecia tão fácil para Kelsey... fácil demais. Não era justo.

Devon bufou.

Mick e Kelsey olharam para ele.

— O que foi? — perguntou Mick.

— Ah, nada. Só pensei numa coisa idiota. Nada importante.

Kelsey inclinou a cabeça de lado e encarou Devon com tanta intensidade que parecia estar lendo sua alma. Depois sorriu e assentiu, como se o entendesse perfeitamente. Mas será que entendia mesmo?

—Você não odeia quando seu cérebro começa a pensar numas coisas idiotas? O meu faz isso o tempo todo. É como se ele tivesse mente própria — disse Kelsey, então riu.

Mick também riu.

— Um cérebro com mente própria. Essa foi boa.

Devon forçou uma risadinha.

— É mesmo.

Na verdade, estava rindo de si mesmo, porque tinha parecido um bebezão pensando que aquilo não era justo. Ele, mais do que qualquer outra pessoa, deveria saber que a vida não era justa.

— O que vocês costumam fazer depois da escola? — perguntou Kelsey. — Andei dando uma olhada em algumas coisas, mas ainda não decidi nada.

Devon não queria responder. Ele e Mick não praticavam esportes nem faziam parte de grupos de atividades extracurriculares. Tudo que tinham era o "clube" de dois membros. Só isso.

Mas Mick não se intimidou. Com uma honestidade inocente, disse:

— A gente tinha um clubinho, um lugar muito massa num posto de gasolina abandonado, mas foi demolido. O Dev falou que vai encontrar uma sede nova para a gente.

Kelsey terminou o sanduíche e limpou a boca com um guardanapo preto. Quem usava guardanapo preto?

— Uma sede nova? — Ele se inclinou para a frente. — Bom, o melhor lugar para esse tipo de coisa são construções abandonadas. Eu e meus amigos da escola anterior costumávamos sair numas explorações urbanas. De vez em quando a gente achava uns lugares muito legais. Quando soube que viria para cá, pedi para um dos meus parças me avisar se achasse algo na área que valesse uma visita. Ele está procurando.

— Massa — disse Mick.

— Até lá, acho que posso ajudar com o clubinho.

— Pode?

Mick também terminou de comer, mas não limpou o patê de frango da bochecha.

Kelsey apontou para a mancha e, sem zombar do garoto, disse:

— Tá sujo aqui.

— Ah, valeu.

Mick limpou o rosto com as costas da mão.

Kelsey sorriu.

— Meus pais compraram um sítio imenso perto da cidade. Minha mãe diz que é patrimônio sei lá o quê. Enfim, eu gosto de lá porque tem uma oficina antiga atrás da casa. Está uma bagunça, com o teto caindo em alguns lugares e as paredes descascando. Precisa de pintura, um telhado novo e tal. Meu pai está construindo um escritório e um barracão de ferramentas do outro lado da casa, então disse que posso ficar com o galpão da oficina para ficar de bobeira e dar umas festas, só que eu preciso consertar tudo. Querem me ajudar? Ele disse que compra o material, só preciso fazer o trabalho. Já me ensinou algumas coisas, então acho que dou conta, mas é mais divertido com amigos. A gente pode reconstruir o galpão e transformar o lugar no nosso ponto de encontro.

Ele tinha mesmo falado "é mais divertido com amigos"? Devon estava prestes a cutucar Kelsey para ver se ele era um robô. Garotos não falavam daquele jeito.

Já Mick não parecia incomodado. Estava praticamente saltitando no lugar.

— Supimpa demais!

Kelsey riu.

— Que bom que curtiu. — Depois sorriu para Devon. — E você, o que acha?

— Supimpa mesmo — disse Devon, tão seco quanto possível, mas sorriu. — Parece uma ótima ideia.

E foi mesmo. Apesar de se ressentir da facilidade com que Kelsey conquistava os outros alunos, precisava admitir que seria ótimo se a amizade dos dois garantisse a Devon acesso ao círculo mais próximo de amigos dele. Se ajudassem a construir o tal ponto de encontro no barracão e Kelsey desse festas lá, Mick e Devon seriam convidados.

— Ótimo — falou Kelsey. Pegou o telefone e mandou umas mensagens de texto. — Acabei fazendo amizade com um vizinho mais velho, o George. Mandei mensagem para ver se ele pode levar a gente na loja de materiais de construção amanhã depois da escola. Ele disse que pode me dar carona sempre que eu precisar.

Alguns segundos depois, o telefone de Kelsey emitiu um acorde de guitarra. Ele conferiu a tela.

— Opa, o George topou.

Então olhou para o relógio e se levantou.

Mick e Devon fizeram o mesmo. Hora de ir para a aula.

— A gente se encontra amanhã depois da escola, perto dos mastros — disse Kelsey. — Meu pai tem uma picape de cabine dupla, então tem bastante espaço para todo mundo. É vermelhona. Vocês vão saber quando virem.

— Positivo e operante! — disse Mick, falando como um militar.

Kelsey riu e estendeu o punho cerrado, cumprimentando-o com um soquinho.

— Perfeito então, soldado — respondeu ele, entrando na brincadeira, e então estendendo o punho na direção de Devon, que se despediu com o mesmo gesto de Mick enquanto entravam na escola.

Ao pegar os livros no armário, percebeu que sentia um frio na barriga, mas fez questão de ignorar aquela resposta de seu corpo. Estava entusiasmado com a oferta de Kelsey, mas não sabia se era uma boa ideia se empolgar demais. A vida adorava decepcioná-lo.

Mas talvez a maré estivesse virando. Quando Heather passou por Devon toda esbaforida, encarando o rapaz com um olhar gélido, ele se permitiu acreditar que as coisas podiam mudar para melhor.

Mick estava tão animado que mal conseguia se manter quieto na cadeira. Passara a noite anterior em claro porque estava louco para ajudar Kelsey a construir a sede do clubinho. Ou, tudo bem, o *ponto de encontro*. Não fazia diferença.

A mãe dele tinha notado as olheiras quando o vira de manhã, então deixara o filho tomar uma xícara de café. Mick ficara meio acelerado por causa da cafeína e havia tagarelado sem parar no ouvido de Devon no caminho para a escola, e durante todas as aulas a perna dele não parava de se mexer para cima e para baixo, como a bola de basquete de um jogador profissional. Uau, mais uma metáfora esportiva, e ele nem gostava de basquete. Que tal?

Era a terceira aula do dia, estudos sociais. Não era a favorita de Mick, mas dava para aguentar.

Como sempre, Mick e Devon se sentaram no fundo da sala repleta de mapas nas paredes enquanto o severo sr. Gentry esquadrinhava a turma lá na frente. Mick viu Kelsey no fim da terceira fileira, sentado perto de alguns jogadores de futebol americano. O garoto estava de lado, virado para os amigos na lateral da sala. Mick percebeu o olhar do aluno novo recair sobre ele e Devon. Kelsey abriu um sorriso e acenou.

— Hoje vamos falar sobre justiça — começou o sr. Gentry, encarando-os por cima dos óculos de armação grossa, que geralmente ficavam encarapitados na ponta do nariz aquilino.

Mick pensou que o sr. Gentry era mesmo um pouco parecido com uma águia. Tinha cabelo grisalho e geralmente usava roupas marrons. Seus olhos eram um pouco juntos, como os de Devon, sem contar o nariz pontudo.

— O que é justiça? — perguntou o sr. Gentry.

Ninguém ergueu a mão.

Sei o que é uma pergunta retórica, sr. Gentry, pensou Mick.

— Cada cultura tem o próprio conceito de justiça — continuou o professor. — Que geralmente deriva de vários campos de estudo. Nosso sistema de justiça, por exemplo, se baseia na ética, no pensamento racional, na lei, na religião e em ideias gerais sobre equidade. Sob tudo isso, porém, geralmente há uma espécie de intuição. A justiça é, na maioria das vezes, intuitiva. A gente sabe o que é quando sente. — O professor correu os olhos pela sala. — Sendo assim, o que justiça significa para vocês?

Aquela não era uma pergunta retórica. Mick nem sequer cogitou levantar a mão. Só falaria espontaneamente na frente da sala caso tivesse feito um transplante de cérebro, ou quem sabe sido possuído por um espírito ou infectado por um alienígena simbionte.

Mas Kelsey ergueu a mão.

— A justiça faz a balança se equilibrar — disse ele.

— O que isso significa? — incitou o sr. Gentry.

— Retira coisas do prato mais baixo para que ele não pese mais que o prato mais alto.

— Perspectiva interessante — comentou o sr. Gentry.

Heather ergueu a mão.

Mick fez uma careta.

Heather.

O que a garota tinha para causar tanto fascínio em Devon?

Sim, ela era bonita, mas parecia bem superficial. E nem era *tão* bonita assim. Havia garotas muito mais lindas na sala. Mick achava que Heather deixava Devon meio *desatinado das ideias*, ainda que o amigo já fosse meio desmiolado mesmo. Estava começando a achar que talvez *Devon* tivesse sido tomado por um simbionte. Havia algo nos olhos dele, algo que não parecia muito… certo.

— Acho que justiça é retaliação — opinou Heather.

— Retaliação — repetiu o sr. Gentry.

— Isso. Tipo, se alguém te desrespeita, você tem que ir lá e desrespeitar a pessoa também.

— "Retaliação" parece meio vago. Talvez seja aberto demais a interpretações. E se a retaliação for longe demais?

Heather deu de ombros.

— Acidentes acontecem.

Ela gargalhou, e o resto da sala riu junto.

Devon foi o que riu mais alto.

Mick estremeceu, notando que Kelsey, assim como ele, não tinha achado graça.

Devon estava com a sensação de que o dia não acabaria nunca. Todas as aulas eram lentas e maçantes, e a de estudos sociais fora a pior. Exceto pelo comentário hilário de Heather, "Acidentes acontecem", o restante da aula tinha sido mais seco e sem graça do que o frango assado da mãe, que era tão esturricado que era até difícil acreditar que já havia sido uma ave viva.

Mas as aulas finalmente acabaram, e ele e Mick seguiram até a entrada da escola para encontrar Kelsey. A entrada da escola. Que demais. Nada de sair pelos fundos de fininho e ir direto para um clubinho de perdedores.

Trotando, Mick se aproximou de Devon, pouco antes de chegarem à entrada principal. Crianças passavam correndo de um lado para outro para pegar os ônibus. Pela primeira vez na vida, Devon não se incomodou com o zumbido que preenchia o ar às sextas-feiras. Sentiu aquilo também, como se enguias elétricas deslizassem sob sua pele.

Ao longo do dia, tinha percebido que Mick estava ligado no duzentos e vinte. O amigo estava saltitante e enérgico. O próprio Devon parecia estranhamente feliz. Por exemplo, estava gostando das paredes amarelas do corredor da escola (que na maior parte do tempo o faziam pensar em gema de ovo e lhe davam ânsia de vômito). Os cheiros do lugar também não eram mais um problema para ele — o fedor de desinfetante nos carpetes, o cheiro poeirento de giz, de suor, de chiclete, o bafo de alho deixado pelo almoço do dia. Em vez de alheias, as sensações lhe eram familiares.

— Está pronto? — perguntou Mick, puxando a manga de Devon.

O amigo sorriu.

— Prontíssimo.

Eles passaram pelas portas duplas de vidro e esquadrinharam a rua à procura de uma picape vermelha de cabine dupla. Kelsey tinha razão: souberam exatamente qual era o carro assim que o viram.

Os garotos começaram a andar até lá e encontraram Kelsey no caminho, que veio correndo do ginásio.

—Vocês vieram!

Kelsey parecia feliz de verdade com a presença deles, o que surpreendeu Devon.

O garoto novo acenou para um homem barbudo sentado no banco do motorista. O sujeito acenou de volta.

Devon tentou imaginar qual seria a sensação de ter um homem adulto à sua espera. Não, na verdade tentou imaginar qual seria a sensação de ter um homem adulto, digamos um *pai*, por perto... ponto-final.

A única memória que tinha do próprio pai era a de um sujeito nervoso que jogava coisas na mãe dele. Devon tinha três anos quando o homem os abandonara. Desde então, ele e a mãe só tinham um ao outro.

Kelsey conduziu os dois amigos até a picape. Devon percebeu que alguns outros alunos os observavam com uma cara esquisita, como se eles fossem homens da caverna fugidos da Idade da Pedra. Um aviãozinho de papel passou voando rente ao rosto do garoto, quase o acertando no nariz. Ele nem se deu ao trabalho de se virar para ver de onde tinha vindo. Manteve o olhar focado na imensa picape vermelha.

— E aí, George? — cumprimentou Kelsey ao chegar à caminhonete. Ele e o homem trocaram um cumprimento elaborado, com direito a agitar dos dedos e uma batidinha de ombros. — Esse é o Devon e esse é o Mick — disse, indicando os garotos.

— Muito prazer, senhor.

Mick estendeu a mão... e derrubou os livros que tinha prendido sob o braço.

Antes que desse tempo de Devon ajudá-lo, Kelsey se abaixou e recolheu tudo.

George, que parecia ter uns sessenta e poucos anos, cumprimentou Mick.

— Nada de "senhor". Pode me chamar de George.

Depois se virou para Devon e também estendeu a mão.

O garoto a apertou. Era grossa e calejada.

— Oi, senh... George.

Kelsey empilhou os livros de Mick e os devolveu para o garoto, que os ajeitou no outro braço e sorriu.

— Valeu!

— Então, garotos — disse o homem. — Que tal...

— Ei, Kelsey! — chamou Heather.

Devon se virou para admirar a garota, que estava usando uma camisa vermelha justa. Ele tinha passado boa parte da aula de inglês encarando a peça e estava feliz de vê-la de novo.

Heather o ignorou, mas Gabriella fulminou Devon com um olhar planejado para fazê-lo se sentir um verme. Ele retribuiu com uma careta. A garota agarrou o braço do namorado, Quincy, que a puxou para junto de si.

— Que belezinha de carro, hein? — falou Quincy para George.

— Valeu! — George sorriu e deu um tapinha no capô da caminhonete, como se o veículo fosse um cachorrinho. — Tem um V8 de 6,2 litros aqui dentro. Quatrocentos e vinte cavalos de potência e torque de quatrocentos e vinte libras-pé.

— Caramba! Animal! — exclamou Quincy, apoiando o braço na parte da frente da caminhonete, como se estivesse fotografando para uma propaganda.

Gabriella riu e posou ao lado dele.

Devon cerrou o maxilar.

Quincy e Gabriella eram as pessoas mais bonitas da escola. Ela tinha ascendência hispânica e talvez realmente acabasse virando a atriz famosa que dizia para todo mundo que seria. Lindíssima. Quincy, de cabelo escuro e pele clara, tinha a cara de garoto malvado que Devon havia tentado simular uma vez fazendo cortes nos jeans, rasgando as camisetas e andando com os ombros curvados. Não tinha funcionado. Só conseguira um sermão da mãe sobre cuidar das próprias coisas e endireitar a postura.

— O que você vai fazer no fim de semana, Kelsey? — perguntou Heather.

Ele gesticulou na direção de Mick e Devon.

— A gente vai na loja de material de construção ver do que precisamos para transformar um galpão antigo num ponto de encontro maneiro.

Heather olhou de soslaio para Devon, então sorriu para Kelsey.

— Parece divertido. Adoro essas coisas "faça você mesmo".

O garoto novo sorriu.

— Massa.

Heather pousou a mão no braço de Kelsey.

— Eu manjo de design de interiores, sabia? Ajudei minha mãe a fazer uma sala de jogos para o meu pai. — Ela se virou para as amigas. — Lembram quando a gente construiu aquelas estantes de uma parede à outra?

As três riram e se cutucaram, maravilhadas por estarem dividindo uma piadinha interna. Devon quis vomitar. Valerie, uma menina baixinha que usava maquiagem suficiente para três rostos, tinha uma voz anasalada que virava uma buzina quando ela ria. E Juliet, alta e esbelta, gargalhava tão fino que fazia os dentes de Devon doerem.

Quincy se afastou da caminhonete.

— Eu me viro bem com um martelo.

Kelsey olhou para o outro garoto com desinteresse, mas então sorriu e comentou:

— Maneiro.

Para Devon, Kelsey não tinha achado aquilo realmente maneiro. Pelo contrário: o menino parecia ter achado o comentário irritante.

Mas por quê?

Heather pegou a mão de Kelsey.

— Que tal fazermos um mutirão esse fim de semana? A gente pode ir para ajudar você.

Kelsey abriu a boca para responder, mas, antes que ele tivesse a chance, George sorriu e disse:

— Nossa, ótima ideia. Posso ser o churrasqueiro.

Heather apontou para a picape.

— Então vamos comprar os materiais.

Kelsey olhou de Heather e seus amigos para Mick e Devon.

— O irmão do Quincy ia levar a gente para casa — continuou a garota —, mas teve um imprevisto. Podemos ir com vocês até a loja de materiais de construção. Depois rola uma carona para nossa casa?

— Com certeza. Vai ser um prazer. Mas... — George olhou para o grupo de adolescentes. — Não vai caber todo mundo no carro.

— Claro que vai. Somos só nós cinco, você e o Kelsey — respondeu Heather.

— Não, são sete passageiros, além de mim e do Kelsey — corrigiu George, apontando para Devon e Mick.

Heather olhou para os dois e agitou a mão num gesto de desprezo.

— Ah, eles podem ir na caçamba.

— Aí não, sinto muito. É proibido — retrucou George.

A partir do instante em que Heather e sua turma apareceram, Devon se sentiu dentro de um casulo de vidro assistindo ao desenrolar da cena. Entendia o que estava sendo dito, conseguia ouvir a risada irritante das garotas, mas todos os sons estavam abafados e indistinguíveis. Mesmo que estivesse bem perto das outras pessoas, tudo lhe parecia muito distante, quase como se as estivesse vendo na tela do cinema. Era como se seus outros sentidos tivessem sido desligados. Ele não conseguia mais sentir o cheiro da fumaça de escapamento dos ônibus que se afastavam da escola. Não notava mais a sensação das roupas contra o corpo nem do pavimento sob os pés. Mas, naquele instante, foi como se a neblina estivesse preenchendo o pequeno casulo, penetrando seu corpo, deixando seu cérebro completamente atordoado. Talvez tenha sido por isso que se surpreendeu quando viu Mick avançar alguns passos e dizer para Kelsey:

— Achei que só eu e o Devon íamos com você hoje.

O aluno novo franziu a testa e olhou para todo mundo. Devon sabia o que estava acontecendo. O garoto devia estar se perguntando: *será que é melhor eu ser um babaca e dispensar esses dois otários ou ignorar as meninas bonitas?* Não era uma escolha difícil. Kelsey ainda estava segurando a mão de Heather.

George tomou a frente.

— Que tal a gente fazer duas viagens? Levo alguns de vocês primeiro, depois volto para buscar o resto. É uma viagem de dez minutos, não vão precisar esperar muito.

Kelsey soltou um suspiro aliviado.

— Boa, George. Valeu.

Heather sorriu para Kelsey e o puxou na direção da porta do passageiro da caminhonete.

—Vamos, a gente pode ir no banco da frente. Sou tão pequenininha que dá para dividir o cinto de segurança.

Ela riu.

Kelsey deu de ombros e se deixou ser levado até a picape. Os outros se apinharam na parte de trás. Quincy empurrou Mick para fora do caminho e foi se espremer com as três outras meninas.

Por um segundo, George pareceu prestes a reclamar da quantidade de adolescentes no banco traseiro, mas depois deu de ombros e se sentou ao volante. Ele baixou a janela do carro e disse para Mick e Devon:

— Já volto para pegar vocês, rapazes.

Assim que George deu a partida no V8 de 6,2 litros (fosse lá o que aquilo significasse), o casulo de Devon se desfez. Seus ouvidos desentupiram e o ar ao redor se reajustou de novo ao espaço-tempo. Os sentidos dele ficaram muito alertas também.

O primeiro cheiro que sentiu foi o de refrigerante de uva no copo de plástico colorido de Mick. Depois veio uma lufada de gasolina quando a grande caminhonete vermelha se afastou, levando com ela o otimismo do garoto. Devon sabia que tudo estava muito bom para ser verdade.

Mick puxou a camiseta do amigo.

— Quer sentar aqui e esperar?

Ele apontou para o meio-fio e deu um gole no canudo. Então se sentou na calçada e pousou a mochila e os livros ao lado.

Um carro cheio de adolescentes passou a toda, e alguém soltou um assovio agudo. Outra pessoa gritou:

— Otários!

Devon apenas deu as costas para a via, observou a mata e disse:

— Não vou esperar. Estou indo para casa.

Mick tirou a boca do canudo. O lábio superior estava manchado de roxo.

— Como assim? Por quê?

Devon olhou para Mick, parecendo patético sentado na calçada com aquele copo de plástico. A vontade de Devon era dar um pescotapa nele e ir embora, mas dez anos de amizade e milhares de "estamos juntos nessa" o fizeram manter o controle.

— Sério? Está mesmo me perguntando por quê?

Mick franziu a testa e assentiu.

Devon suspirou e se sentou no meio-fio ao lado do amigo.

—Você acha mesmo que vão receber a gente bem depois dos trinta minutos que o George vai demorar para levar todo mundo, voltar e depois pegar a gente? Não acha que vai ser *um pouco constrangedor*? E quando digo "um pouco", estou sendo muito, muito sarcástico, porque você parece não estar entendendo.

Mick analisou a questão por vários segundos. Devon esperou.

Por fim, o amigo soltou um suspiro.

— Sim, acho que entendi. — Ele fungou e sugou o refri pelo canudo. — Por que o Kelsey fez aquilo? Por que não pediu para *os outros* esperarem?

— De novo: sério que está perguntando isso? Não percebeu que ele está dando em cima da Heather?

Mick contorceu os lábios e olhou para cima, como se estivesse assistindo a uma reprodução da cena numa telinha à sua direita.

— Acho que foi *ela* quem deu em cima dele — disse ele, com uma careta.

— Que seja! Ele foi rapidinho quando ela propôs que os dois ficassem juntos no banco da frente.

O amigo assentiu.

— Verdade.

Devon ficou de pé.

— E aí, vem comigo ou não?

Mick suspirou.

— Sim, acho que sim.

Mick pegou a mochila, e Devon carregou a pilha de livros extras.

— Então não rola de a sede do nosso clubinho ser na casa do Kelsey, né? — perguntou Mick, caminhando em direção à mata.

— É, acho que é isso aí.

Na manhã de sábado, quando foi encontrar Devon antes da trilha, Mick estava meio decepcionado com toda a situação do dia anterior. Tentou não deixar aquilo incomodá-lo tanto. Se deixasse, ficaria o tempo todo se lamentando. E não queria ficar se lamentando.

Mick e Devon viviam num bairro que não era lá muito legal. Não era péssimo (ele já tinha visto outros muito piores), mas também não era bom. Construídas quando a cidade pertencia a uma madeireira, as casinhas da região eram pequenas, antigas e quase idênticas, exceto pelo carro na garagem e o lixo empilhado na calçada. Quando a família de Mick havia se mudado para lá, os pais disseram ao garoto que era algo temporário, que ele não precisaria dividir o quarto com a irmã para sempre. Mas Mick ainda compartilhava o espaço com a caçula, Debby, o que só era suportável porque a menina, que adorava costurar, tinha feito uma cortina para dividir o cômodo. Além disso, ambos usavam fones de ouvido e passavam boa parte do tempo lendo, ou cada um em seu computador, o que evitava que quisessem matar um ao outro.

Às vezes, Mick sentia inveja de Devon, que tinha um quarto só para ele. Então lembrava que o amigo não tinha pai, nem sequer um preguiçoso que nunca ganhava dinheiro suficiente para sustentar a família. Mick tinha um e o amava. Achava que aquilo era melhor do que um quarto só para si.

Com a mochila cheia de lanchinhos, refrigerantes, água, sua pequena câmera fotográfica e protetor solar, Mick trotou pela calçada toda rachada e suja que levava à porta azul desbotada de Devon. Todos os lares da região tinham paredes cinza e portas azuis, algumas mais reluzentes do que outras.

Mick estava quase com medo de bater. E se Devon não estivesse lá?

O comportamento do garoto na noite anterior o deixara receoso. Estava cada vez mais diferente do amigo de quem Mick gostava. Era como se houvesse algo carcomendo o garoto de dentro para fora, devorando os sorrisos dele e... bom... a personalidade também.

Mick voltou a si quando a porta azul se abriu.

— Oi, sra. Marks — disse ele para a mulher alta e magra de cabelo curto e desgrenhado.

A mãe de Devon usava um uniforme, uma camisa amarelo-claro com calça azul-escura. Tinha olheiras sob os olhos castanhos, e os lábios estavam pressionados numa linha fina. Quando viu Mick, abriu um sorriso cansado.

— Ele já está quase pronto, Mick.

Devon surgiu atrás da mãe. Mick notou que a casa cheirava a mingau e limão.

— Se divirtam, meninos — falou a sra. Marks.

O filho ergueu a mochila e sorriu.

— A gente vai mesmo!

Mick quase conferiu se estava no lugar certo. O amigo parecia entusiasmado demais com a caminhada. Será que o bom e velho Devon estava de volta?

Se sim, seria batuta demais.

A cachoeira estava onde o pai de Mick prometera que estaria, e era tão da hora quanto ele havia dito. Os garotos encontraram uma grande rocha achatada perto da base, longe o suficiente para que não fossem atingidos pelos espirros de água, mas que ainda assim lhes garantia uma boa visão da espuma agitada descendo pela cascata. A queda d'água era muito alta, mas abundante e poderosa — provavelmente porque era primavera, e o rio estava sendo alimentado pelo degelo da neve do inverno. Mick adorava ouvir a água rugir ao despencar do alto antes de bater nas rochas lá embaixo.

Uma fileira de abetos isolava o espaço ao redor da cachoeira. Era como se os meninos estivessem numa exuberante caverna arborizada numa terra distante. Era bastante mágico, pensou Mick. Não ficaria surpreso se esquilos e outros roedores pequenos saíssem dançando da mata e começassem a cantar. Sabia que aquilo não aconteceria, óbvio, mas a cascata fazia parecer possível.

O humor de Devon fazia parecer possível também. Ele passara a manhã animado. Estava com... o quê, exatamente? Um *tchan* a mais. Isso. Estava com um tchan a mais. Agia como se fosse *o maioral*. Era até meio esquisito.

No entanto, Mick precisava admitir que gostava mais daquele Devon do que do outro, que o deixara nervoso naqueles últimos dias. Sim, o amigo ainda parecia obcecado pela garota, Heather, mas ao menos estava falando e sorrindo.

Devon se levantou e tirou uma foto do abeto mais alto além da cachoeira.

— Acho que essa seria uma ótima locação para uma cena de um dos filmes da Heather — disse o garoto.

— Aham.

Mick não tinha ideia do que dizer quando Devon mencionava a menina. Apontar que ela claramente não gostava de Devon não parecia ser uma boa ideia, então Mick passara a usar a técnica da mãe: sorria e acene.

Devon tirou mais algumas fotos, depois se sentou e pegou na bolsa um pacote de biscoitos com manteiga de amendoim. Cutucou Mick com o cotovelo.

— Tenho uma surpresa para você.

— Trouxe sobremesa?

Mick já tinha comido os próprios bolinhos, mas ainda estava com fome.

O amigo riu.

— Não, não é sobremesa. Foi mal. Mas achei uma sede nova para o nosso clubinho.

Mick até se endireitou.

— Sério? Onde?

— Isso é parte da surpresa. Fiz o que Kelsey sugeriu. Procurei lugares abandonados aqui por perto e encontrei um. Vou levar você lá na segunda, depois da escola.

— Por que a gente não vai hoje?

Devon abriu um sorrisinho maroto que fez Mick hesitar por um segundo.

— É longe demais. Fica a leste da ferrovia. A gente precisa seguir o caminho oposto ao que geralmente fazemos.

— Hum… Tudo bem.

Por que Mick de repente ficou com a sensação de que Devon estava escondendo algo? Abriu a boca para perguntar o que era, mas desistiu da ideia. Talvez precisasse de uma abordagem mais sutil. Mick concluiu que seria mais inteligente observar e esperar em vez de questionar Devon sobre o que estava acontecendo, independentemente do que fosse.

O amigo terminou de comer os biscoitos, limpou as migalhas do rosto e se levantou.

— Vamos. Quero procurar mais locações para Heather.

Mick suspirou.

— Beleza. — Enfiando embalagens vazias na mochila, Mick acrescentou: — Mas por que a gente não brinca de caça ao tesouro?

Era algo que faziam desde pequenos, e Mick amava. Um deles escolhia um objeto, e quem encontrasse a coisa que parecesse mais próxima ganhava um lanchinho do outro como recompensa. Foi daquela forma que haviam conseguido a maior parte dos tesouros que guardavam na sede do clubinho e que perderam quando o lugar foi demolido. Para uma aliança de prata, um anel de latinha de refrigerante. Para um avião, uma folha imensa de árvore em formato de aeronave. Para uma pizza, uma grande pedra achatada com manchas em formato de pepperoni.

Devon deu de ombros.

— Pode ser também.

Mick sorriu e se levantou às pressas.

— Certo. Vou escolher o primeiro objeto. Precisamos encontrar um... ventilador.

O amigo saiu andando na frente.

— Fechou. Por que não?

Eles levaram quase uma hora para percorrer o caminho de volta da cachoeira e retornar à parte familiar da mata, Mick correndo de um lado para o outro à procura de algo similar a um ventilador. Quando achou um grande ramo de uma samambaia, decidiram que aquilo serviria se não encontrassem nada melhor. Não parecia que seria o caso... até que um corvo fez cocô no ombro de Devon.

Mick viu acontecer. Estavam caminhando pelo chão repleto de agulhas de pinheiro, e Devon brincava de fazer malabarismos com três pedras. O corvo estava num galho alto, e soltou um grito quando os dois se aproximaram da árvore, fazendo Mick olhar para cima. Assim que os garotos passaram por baixo dele, o corvo agitou as penas da cauda, e uma grande mancha branca surgiu no ombro de Devon ao mesmo tempo que ouviram um som úmido de algo se espatifando.

Mick começou a rir, mas se segurou quando Devon mirou uma das pedras que estava carregando e a atirou na direção do corvo. O projétil acertou a ave com um baque assustador, e a criatura despencou de lá de cima em câmera lenta. Caiu alguns metros à frente deles.

Enquanto Mick tentava processar o que havia acabado de acontecer, Devon apontou para o corvo obviamente morto.

— Se quiser, a asa vai servir bem mais como ventilador — comentou ele.

Mick encarou o pássaro. A floresta começou a girar ao seu redor, e ele cambaleou para trás, apoiando-se numa árvore.

— Tudo bem aí? — perguntou Devon.

A boca de Mick estava tão seca que ele não conseguia falar. Devon começou a se afastar, tirando a camiseta.

Mick pegou uma garrafa de água na mochila e deu um gole generoso.

— Eu… não preciso de um ventilador melhor — falou ele, quando se recuperou um pouco, mas sua voz não soou nada normal.

Devon deu de ombros.

— Posso usar um pouco da sua água para limpar minha camiseta?

Mick entregou a garrafa sem falar nada. Não tinha ideia do que dizer, ou talvez estivesse com medo de dizer qualquer coisa.

Na segunda de manhã, Kelsey estava esperando Mick e Devon perto dos armários. Mick ficou surpreso, mas feliz. Talvez pudessem usar a casa de Kelsey como sede, afinal.

— Fala, Kelsey — cumprimentou ele.

— E aí, Mick? E aí, Devon?

Mick não tinha muita certeza do que esperar de Devon. Sabia que ele estava irritado com Kelsey.

Mas o amigo sorriu e deu um tapa no ombro do outro garoto. Mick notou que Devon estava com a mão envolta numa atadura, mas não deu tempo de perguntar o que havia acontecido, porque o amigo se virou para Kelsey e falou:

— Tudo certo. E aí, como foi o fim de semana?

Mick ergueu as sobrancelhas. *Quê?*

Kelsey também pareceu surpreso. Encarou Devon por um segundo, então sorriu e disse:

— Então, pessoal, desculpa por sexta. Foi meio esquisito. Eu não sabia muito bem o que fazer. Aí, quando o George voltou, disse que não encontrou ninguém, e eu não tinha o número de vocês para ligar.

— De boas. Fique meio borocoxô mesmo, mas não foi culpa sua — comentou Devon.

Borocoxô? Mick nunca tinha ouvido Devon falar daquele jeito.

Kelsey suspirou. A expressão constrangida de segundos antes se transformou num sorriso de orelha a orelha.

— Que alívio! Estava com medo de vocês terem ficado chateados comigo. E com razão.

Devon negou com a cabeça.

— Nada. A gente não ficou grilado, não.

Grilado? A sensação de Mick era a de estar diante de um clone defeituoso do amigo.

— Legal. — Kelsey cumprimentou com a cabeça vários adolescentes que passaram por ele correndo e acenando, depois riu e disse: — A gente não evoluiu muito no ponto de encontro este fim de semana. O Quincy e a Gabriella me deixaram na mão. E... — Kelsey olhou ao redor. — Para ser sincero, a Heather e as amigas não ajudaram muito. — Ele deu uma piscadela. — Mas não ligo se elas estiverem por perto, sacou?

Devon deu um sorriso malicioso para Kelsey e disse:

— Saquei.

Foi um músculo que Mick vira se retorcer no maxilar de Devon?

Sem chegar a uma conclusão, ele viu Devon se inclinar na direção de Kelsey e falar:

— Cara, encontrei um lugar, uma construção abandonada, daquelas que você comentou. Acho que a gente pode usar lá como ponto de encontro, em vez de fazer na sua casa, ou a gente pode só aproveitar para fazer uma caça ao tesouro bem da hora para decorar seu barracão. Materiais naturais ideais para espaços supercriativos.

Isso está melhor do que um filme de ficção científica, pensou Mick. *Ideais para espaços supercriativos?* O garoto reprimiu uma risada.

Kelsey sorriu.

— Sério? Você encontrou uma construção abandonada? Que demais. Meu amigo nunca comentou dessa. Está sugerindo que a gente faça uma exploração urbana?

— Isso — confirmou Devon. — A gente pode se encontrar depois da aula, nos fundos da escola. A construção não fica muito longe daqui, dá para ir andando.

— Combinado.

Kelsey cumprimentou Devon com um soquinho e saiu para sua primeira aula.

Devon olhou para Mick. Aparentemente, viu algo no rosto do amigo.

— O que foi?

Mick só balançou a cabeça.

— Nada.

Ainda achava que era melhor não questionar o comportamento esquisito de Devon.

Devon não ficaria nada surpreso se Kelsey não aparecesse depois das aulas. Achou que o garoto talvez fosse suspeitar de algo, mas se enganara: ele já estava esperando atrás da escola com Mick quando Devon deixou a porta grossa de metal bater atrás deles. Ótimo. Tudo certo por enquanto.

— Mas e aí, onde fica o lugar? — perguntou Kelsey, semicerrando os olhos para o sol brilhante.

— É meio que na mata, acho que dá uns dois quilômetros a leste da ferrovia — falou Devon.

Os três foram se afastando da escola.

— Como nunca ouvi falar desse lugar? A gente mora aqui desde que nasceu — comentou Mick.

Devon deu de ombros.

— Sei lá.

Devon guiou o grupo até o pátio, passando pelos trilhos e por trás de uma fileira de vagões de metal abandonados enfileirados sobre os trilhos. Quando chegaram ao limite do pátio, Devon os guiou para dentro da mata, e os garotos pegaram uma trilha irregular e serpenteante, repleta de troncos cobertos por musgos e áreas cheias de moitas de mirtilo e espécies rasteiras. O ar estava úmido e impregnado com um cheiro de argila que fazia Devon pensar em dias chuvosos. Gostava de dias chuvosos pela mesma razão que gostava de dias nublados.

Mick e Kelsey papeavam no caminho, em grande parte sobre séries de TV. Mick resumia o enredo de uma de ficção científica sobre uma sociedade apocalíptica em que pessoas eram assassinadas até quando cometiam os erros mais ínfimos.

— Parece interessante. Bem minha praia, mas meio extremo — comentou Kelsey.

— Como assim? — perguntou Mick.

Kelsey deu de ombros.

— Ah, eu gosto de programas sobre investigação, histórias de tribunal e tal. Quero cursar Direito para ser um juiz de verdade.

Um juiz de verdade? Devon se perguntou o que aquilo significava.

— Você não quer trabalhar com construção como seu pai? — questionou Devon.

— Não. Construir coisas é legal, mas meio que curto esse campo da justiça e tal. Meu pai entende. Diz que a gente precisava fazer coisas pelas quais somos apaixonados.

Isso é verdade, pensou Devon.

Uns cem metros antes de chegarem ao destino, as árvores começaram a rarear, e os raios de sol voltaram a tocar a pele dos três. Devon sentiu a luz e o calor o envolverem, e por um segundo seus pés vacilaram.

— Tudo bem? — perguntou Kelsey.

— Tudo. Só tropecei.

Tão rápido quanto apareceu, o sol se retirou. Devon saiu da trilha e seguiu por uma parte mais densa e escura da floresta. Os outros garotos foram atrás.

— A gente já chegou? — perguntou Kelsey, com uma risadinha. — Minha irmã sempre pergunta isso quando estamos no carro.

— A minha também — disse Mick.

Devon ignorou os dois. Estavam quase chegando. Ele deu a volta num abeto todo retorcido, e pronto, finalmente estavam no lugar que ele achara. O garoto parou e esperou que os outros dois o alcançassem.

Quando Mick e Kelsey viram o lugar, arquejaram ao mesmo tempo.

— Uau — disse Kelsey.

— De arrepiar — soltou Mick.

Kelsey riu.

Um pouco escondida na mata à frente havia uma construção baixa e caindo aos pedaços, de telhado reto e pequenas janelas fechadas por tábuas. Estava intacta, mas as paredes pareciam inclinadas como se tivessem cansado de ficar de pé. A claraboia convexa de vidro que se erguia no meio da propriedade, imunda mas inteira, dava a impressão de que o lugar estava usando um chapéu-coco. Não dava muito para saber de que cor haviam sido as paredes; estavam todas verdes e pretas, sujas de mofo, bolor e musgos. O lugar também estava tomado por arbustos selvagens de mirtilos. Trepadeiras volumosas flanqueavam a construção de todos os lados visíveis. Quase não chegavam ao topo das poucas janelas, mas eram grossas e formavam uma barreira que parecia exigir um sacrifício de sangue para se abrir.

— Você não está achando que a gente vai conseguir passar, né? — perguntou Mick para Devon.

O garoto riu.

— Acha que sou idiota? — Riu mais alto. — Espera. Não precisa responder.

As risadas de Devon estavam agudas, meio femininas. Mick franziu a testa, intrigado.

— Vamos — falou Devon, enfim, gesticulando para que os outros garotos dessem a volta na construção.

— O que será que tinha aqui? — perguntou Kelsey.

Devon apontou para a parede quando passaram. Havia uma placa velha e desbotada sob os beirais carcomidos. As letras estavam tão apagadas que só dava para identificar um P, um F e um z. Ao lado, no entanto, a imagem de algo redondo parecia ter resistido aos efeitos do tempo e do clima.

— Isso é uma pizza? — conjecturou Mick. — Será que o lugar era uma pizzaria ou algo do tipo?

— Acho que sim — concordou Devon.

— Amo pizza — disse Mick para Kelsey.

O garoto novo sorriu.

— Eu também. Ei. Mick, vê aí no seu celular se tem alguma coisa sobre esse lugar. Eu até faria isso, mas esqueci o telefone em casa. Só percebi depois do almoço. Acho que nunca aconteceu antes. Estou me sentindo pelado sem ele.

Mick riu e pegou o aparelho.

— Nem adianta. O sinal não tá pegando aqui — comentou Devon.

Mick ergueu o celular e deu uma volta no lugar.

— Bom, achei meio cabuloso.

— Vamos. — Devon acenou de novo para que os garotos o seguissem até o outro lado da construção. Quando seus tênis de corrida começaram a emitir um barulho de atrito em vez dos sons abafados e úmidos de passos na floresta, ele apontou para o chão. — Viram? Acho que aqui era o estacionamento.

— Pode crer. Olhem. — Kelsey apontou para a outra extremidade do lugar, onde havia uma placa pregada ao tronco de uma árvore. Parecia ter sido branca um dia, embora estivesse cinza. Forçando os olhos, Devon conseguiu ver algumas letras.

— *Penas para entes?*

— Apenas para clientes — corrigiu Kelsey.

— Será que a gente deveria estar aqui? — perguntou Mick.

Devon olhou de soslaio para ele.

— Por que não? Está com cara de que alguém liga para esse lugar? Além disso, ninguém se importava quando a gente ficava zanzando no posto de gasolina abandonado.

— Faz sentido — concordou Kelsey.

— Venham até aqui — sugeriu Devon. Aquele lado da construção parecia tão coberto de arbustos de mirtilo quanto o outro, mas o garoto sabia que não era o caso. — Façam o mesmo que eu.

Inclinando o corpo, Devon enfiou a cabeça pelo que parecia uma moita intransponível. Olhando mais de perto, dava para ver que a vegetação crescia ao redor de algo. Devon não tinha a menor ideia do que era aquele "algo", mas era óbvio que havia uma abertura por onde conseguiriam passar. Ele ficou de joelhos.

— A gente precisa se arrastar para entrar — disse ele aos outros meninos.

Mick resmungou, mas Kelsey deu de ombros.

— A vida de explorador urbano é assim mesmo.

Devon sorriu ao ver que Kelsey estava usando uma calça jeans rasgada nos joelhos. Tinha certeza de que era do tipo que já vinha com os rasgos e custava uma fortuna — mais do que a mãe de Devon aceitaria pagar numa calça.

—Vai valer a pena, juro. Só vão devagar — encorajou Devon, e foi se arrastando adiante.

Sabia que Mick e Kelsey viriam atrás. Eram curiosos demais para desistir da empreitada. Depois de avançar mais de um metro por um túnel estreito, alcançou uma área onde enfim dava para ficar de pé. E assim o fez, espanando as pernas enquanto esperava pelos outros.

Olhou ao redor, tentando entender que lugar era aquele. Parecia um espaço fechado em forma de cúpula. Talvez fosse uma entrada meio diferentona que levava ao restaurante. Ele tinha a impressão de que parte dela havia desmoronado, o que explicava por que só dava para chegar até ali pelo túnel que havia achado. Talvez, pelo mesmo motivo, o cômodo tivesse sido protegido das intempéries do clima e do ar úmido da floresta.

— Gamei nisso — falou Mick, saindo do túnel logo depois de Devon.

O garoto estava com um bafo de refrigerante de uva, seu favorito, e seu cabelo fedia a suor.

Kelsey ficou de pé e olhou ao redor. Devon notou que um dos joelhos do garoto novo estava sangrando.

— O que foi? — perguntou Mick para o novato.

— A gente morava no litoral, e tinha uma loja de lembrancinhas onde a gente tinha que passar por uma cabeçona de tubarão para entrar — começou a explicar Kelsey. — Acho que aqui é assim também. Não tem um tubarão, óbvio, mas aquilo ali parece a cabeça de algum tipo de animal. Estão vendo os olhos ali?

Devon olhou para cima, acompanhando a mão de Kelsey. Não tinha notado da primeira vez. Em sua defesa, estava escuro. Era sexta-feira à noite. Ele queria encontrar uma construção abandonada antes do "parça" da cidade anterior de Kelsey, então tinha dado uma escapada depois do jantar. A mãe havia adormecido no sofá, como sempre, e ele aproveitara para se embrenhar na mata e explorar. Ainda não sabia muito bem por que tinha ido à noite. Talvez estivesse torcendo para se perder. Não ligaria se acontecesse. Só queria esquecer o que acontecera naquela tarde.

Mas, em vez de se perder, Devon encontrara aquele lugar. Enquanto o explorava, teve uma ideia, então passara todo o sábado e a manhã de domingo pensando nisso. Quando a mãe adormecera no sofá mais tarde, Devon retornara ao local e fuçara mais um pouco, e de repente tinha um plano completo em mãos.

Os "olhos" para os quais Kelsey estava apontando eram duas janelas redondas e sujas posicionadas onde olhos estariam se a cúpula de fato fosse uma cabeça. E o lugar onde parte do teto tinha caído seria o focinho do animal.

— Acho que você tem razão — disse Mick para Kelsey. Ele olhou ao redor e apontou para a porta fechada por tábuas. — E agora? — perguntou para Devon.

Do lado esquerdo da porta, dois pedaços de madeira estavam apoiados na parede. Devon estendeu a mão e os afastou para o lado, revelando uma janelinha comprida ao lado da porta. O vidro estava quebrado.

— Foi você quem fez isso? — perguntou Mick.

— Eu mesmo. Vai me denunciar para a polícia?

— Rá, rá. — Mick franziu a testa. — Acha mesmo que vou conseguir passar por ali?

A janela de fato era estreita, mas Devon tinha conseguido entrar sem problema, então supunha que Mick conseguiria passar se encolhesse a barriga e os amigos dessem um empurrãozinho.

— Acho, sim. Por isso que eu trouxe isso aqui. — Ele tirou um rolo de fita isolante da mochila. Sob os olhares de Mick e Kelsey, Devon protegeu com a fita grossa toda a aresta interna da abertura antes fechada por vidro. — Assim vocês não vão se cortar quando se espremerem pela passagem — explicou a Mick.

Kelsey encarou Devon por alguns segundos.

— Bem pensado — concluiu.

— Verdade, valeu — acrescentou Mick.

Esse sou eu, pensou Devon. *O sr. Gente Boa.*

Quando terminou de passar a fita nas arestas afiadas do vidro, Devon ficou de lado e passou primeiro pela abertura. De lá de dentro, gritou:

— A claraboia está suja, mas dá para enxergar! Mick, por que você não vem primeiro? Eu puxo e o Kelsey empurra caso você entale.

— Beleza — responderam Mick e Kelsey em uníssono.

Os ombros gordinhos de Mick entraram pela passagem. Ele estendeu uma das mãos, que Devon pegou e puxou.

— Ai! — protestou Mick quando enfim chegou ao outro lado. Entrou no espaço aos tropeços, tentando se equilibrar.

Kelsey se esgueirou para dentro atrás de Mick.

— Tudo bem aí?

Mick esfregou a barriga.

— Tudo.

Os três olharam ao redor.

— Da horíssima! — exclamou Mick.

Estavam no meio de um imenso cômodo quadrado com paredes que exibiam imagens de personagens esquisitos com cara de animais alternadas com padrões geométricos doidos e coloridos. Havia uma pilha de cadeiras apoiada numa das paredes e, em outra, algumas mesas encostadas. Na extremidade do lugar, um palco — com as cortinas vermelhas de veludo abertas — dominava o espaço. E nele...

— Irado!

Mick estava plantado no chão de linóleo vermelho, maravilhado, com o olhar fixo nos três vultos sobre a plataforma.

— O que é aquilo? Uma galinha? — perguntou Kelsey, semicerrando os olhos.

— Acho que sim — respondeu Devon.

— Por que ela está segurando um cupcake? — indagou Mick.

— Talvez seja uma galinha que assa, não uma galinha assada — respondeu Kelsey, gargalhando.

Devon não conseguiu se segurar e riu também.

— Essa foi boa.

Mick riu também.

— Foi mesmo. — Ele sentiu o estômago roncar. — Quem me dera fosse um cupcake de verdade.

—Vamos ver.

Kelsey foi até o palco.

Boa, pensou Devon, sorrindo. O novato estava fazendo exatamente o que ele queria.

Ele e Mick seguiram Kelsey e analisaram os bonecos com atenção. Os objetos pareciam encarar os garotos, o que era impossível.

Devon precisava admitir que estava mais confortável naquele dia do que no anterior. Na primeira vez, tinha ficado com medo. Só havia voltado porque...

— São animatrônicos — declarou Kelsey.

— Isso — respondeu Devon. — Pensei a mesma coisa.

— Animatrônicos? Tipo robôs? — perguntou Mick.

— Mais ou menos — respondeu Kelsey. — Animatrônicos podem funcionar de vários jeitos. Às vezes com componentes pneumáticos ou hidráulicos, às vezes elétricos. Tem uns que são controlados por computador.

— Como você sabe tudo isso? — perguntou Devon, quase involuntariamente.

— Meu pai trabalhou no projeto de um parque de diversões uma vez, e lá tinha uns pássaros animatrônicos.

— E por que uma galinha, um coelho e um urso? — questionou Mick.

— Uma galinha, um coelho e um urso entraram numa pizzaria — disse Kelsey, e os garotos caíram na risada.

Kelsey era um cara engraçado, Devon precisava admitir. Era uma pena que ele fosse...

Mick arquejou.

— Aquilo é um gancho?

À esquerda do palco, havia um espaço cavernoso envolto por uma cortina preta e identificado como Caverna dos Piratas. Devon não tinha olhado atrás do pano. Algo naquele gancho...

— Vamos. Tem mais coisa para ver — chamou ele.

Enfileirados e liderados pela lanterna de Devon, os garotos fizeram um tour na pizzaria imunda. Quando Devon explorara o espaço sozinho, tivera a sensação de ter caído em alguma espécie de dobra temporal. O interior da construção era úmido e o teto e as paredes estavam cobertos de mofo, mas o local não parecia destruído como se imaginaria de uma construção abandonada. Parecia apenas um restaurante fechado onde ninguém entrava desde o encerramento das atividades.

Na cozinha, não havia utensílios, eletrodomésticos nem outros equipamentos, mas por alguma razão havia vários galões de água destilada encostados na parede. Um pequeno escritório com uma mesa arranhada de metal também continha um arquivo, que estava trancado, o que era bem esquisito. Se Devon não tivesse outros planos, iria sugerir que arrombassem a tranca. Kelsey propôs a mesma coisa, mas o outro garoto disse que poderiam voltar ali depois. Devon os guiou até um cômodo cheio de painéis de controle e monitores antigos e imensos, e depois eles deram uma olhada em alguns banheiros nojentos com azulejos quebrados, pias rachadas e encanamentos expostos. Num deles, Devon teve certeza de ter ouvido algo deslizando pelas paredes, mas não disse nada. Ao notar que os amigos estavam pálidos, soube na hora que tinham ouvido o barulho estranho também. Os outros dois tampouco mencionaram o fenômeno, mas se apinharam rápido na porta do banheiro e saíram para o corredor estreito.

— A melhor parte fica ali — falou Devon, gesticulando para que os outros o seguissem.

O coração do garoto disparou. Quase podia ouvir a adrenalina pronta para ser disparada na corrente sanguínea. Reprimiu um sorriso. Por que tinha pensado naquilo? Não gostava muito de carros. *V8 de 6,2 litros*, declamou na cabeça.

— O depósito? É isso que você queria que a gente visse? — perguntou Mick.

O sorriso de Devon se alargou.

— Isso. Vamos.

Ele empurrou a porta do depósito, iluminou o cômodo com a lanterna e deu um passo para o lado para que os outros pudessem ver. Era como estar de frente para o armário caindo aos pedaços de alguém.

Animais sem cabeça jaziam pendurados em cabideiros compridos que se estendiam pelos dois lados do espaço. Bem, ok, não eram animais sem cabeça *de verdade*, e sim roupas de animais sem a cabeça. Os trajes estavam sujos e empoeirados. Alguns estavam pretos de mofo. Todos pareciam endurecidos, esgarçados e surrados, com alguns buracos na pelagem. Na parede oposta, três fileiras de prateleiras exibiam as cabeças — ursos, coelhos, pássaros, cães. Todas pareciam meio amassadas, como se tivessem sido usadas como bolas de boliche ou coisa assim, mas os globos oculares estavam no lugar. Olhavam para a frente como se estivessem numa fila, esperando para serem convocados.

— Bizarro — comentou Mick.

Devon olhou para Kelsey. Os olhos do garoto novo cintilavam. Ele começou a fuçar os armários instalados nas paredes dos dois lados da porta.

— Olhem só essas coisas! — disse o menino, apontando para potes cheios de pregos, parafusos, braçadeiras, fios e peças que pareciam articulações de metal. Ele se virou e sorriu para Devon. — Você é um gênio, cara. Acho que consigo restaurar um desses trajes e talvez até construir nosso próprio animatrônico para o meu ponto de encontro.

Devon não pôde deixar de notar que Kelsey tinha usado a palavra "meu". Na semana anterior, ainda se referia ao local como "nosso".

Um som similar ao de água corrente encheu seus ouvidos. Ele tinha quase certeza de que era o sangue correndo por suas veias de tanta empolgação.

— Olhem só.

Ele fez sinal para que Kelsey o acompanhasse.

Seguindo até o fundo do cômodo, ele se aproximou de um pequeno armário de canto. Seus pés faziam um barulho bizarramente ameaçador em atrito com o chão.

Devon tinha encontrado o armário na primeira visita. Estava parcialmente escondido atrás das fantasias penduradas nas paredes. Vira potencial no lugar, e então teve aquela ideia. No entanto, tinha sido a segunda visita que consolidara o plano, por assim dizer.

Kelsey olhou de soslaio para Devon, depois levou a mão à maçaneta de metal do armário. Dando um passo para trás e para o lado, abriu lentamente alguns centímetros da porta. Satisfeito por nada ter saltado em cima dele, abriu o resto. A luz da lanterna de Devon foi refletida por um par de grandes olhos redondos.

Mick parou bem atrás deles, tentando ver.

— O que é isso?

Kelsey estendeu a mão para tocar no braço do urso amarelo enorme à sua frente. Devon sabia o que o outro rapaz estava prestes a descobrir. O braço era pesado.

Não era só uma fantasia peluda como as outras penduradas nos cabideiros. Era um...

— É um traje animatrônico — afirmou Kelsey. — Tem... hum, habilidades animatrônicas, acho, mas pode ser usado como uma fantasia. Li sobre os modelos de última geração que andam fazendo. Quando a pessoa entra, o traje consegue ler os sinais vitais dela e responder à pulsação, temperatura, coisas do tipo. Alguns podem até responder a comandos específicos, tipo, fazer a voz sair como a do personagem. Mas tenho certeza de que esse não é o caso aqui, porque esse é muito velho. Estou curioso para saber como ele funciona. — O garoto puxou o braço de novo. — Vamos levar lá para fora. Acho que vamos ter que carregar os três juntos.

— Beleza. Acho que a gente consegue — disse Devon.

Seu plano estava se saindo melhor do que ele imaginara. Achou que precisaria convencer Kelsey a fazer aquilo, mas pelo jeito o garoto resolveria tudo sozinho.

As coisas estavam acontecendo como tinham que acontecer.

Os três garotos grunhiram com o esforço, e Mick espirrou algumas vezes quando poeira e tufos da pelagem do urso se soltaram no ar. Por fim, conseguiram tirar a fantasia do armário e a levaram até o meio do depósito. Deitaram o urso de costas no chão. Ofegando, encararam o estranho personagem, cujos olhos vidrados encaravam o teto do lugar, onde a luz da lanterna de Devon e as sombras escuras do cômodo criavam um padrão xadrez.

— Vamos arrastá-lo até o salão principal para poder ver melhor — sugeriu Devon.

— Isso — confirmou Kelsey.

Com mais resmungos e espirros, eles levaram o traje de urso amarelo até o cômodo central da pizzaria. Assim que o pousaram no chão, Devon soube que tinha chegado a hora.

— Mick, por que não vai lá nos fundos ver se encontra tampas para aqueles baldes de parafusos e coisa e tal? Assim vai conseguir empilhar vários e trazer tudo para cá. A gente pode levar os materiais para o ponto de encontro do Kelsey.

Mick olhou para o corredor escuro atrás de si.

— Pode levar minha lanterna — insistiu Devon.

O amigo olhou de novo para o urso, e Devon viu Mick estremecer.

— Beleza — concordou ele, por fim.

Assim que Mick deixou o espaço, Devon se virou para Kelsey.

— O urso se parece com você.

— Hein?

— Bom, não é tão legal quanto, mas o cabelo dos dois é mais ou menos da mesma cor, e ele está sorrindo igualzinho a você. Se a gente conseguir fazer o animatrônico funcionar, ele pode ser a mascote do seu ponto de encontro.

Kelsey riu.

— Não seria uma má ideia. — O garoto inclinou o corpo e colocou as mãos na cabeça do urso. — Isso aqui sai? — Ele puxou, e a cabeça se soltou do corpo. Kelsey olhou para o buraco do pescoço e fungou. — O cheiro não é tão ruim. Não pior que o do resto da construção.

— Não mesmo. Também achei. — Ele cutucou Kelsey com o cotovelo e sorriu. — Por que não experimenta?

Kelsey analisou a abertura no traje, depois deu de ombros.

— Por que não, né?

Ele se sentou no chão e começou a entrar no corpo do animatrônico através da abertura do pescoço. Uma vez lá dentro, falou:

— Até que é bem confortável. — Sorriu. — Agora, a cabeça.

Devon tinha acabado de fechar as travas quando Mick voltou arrastando uma pilha de baldes de plástico.

— Não achei tampa nenhuma. Não sei muito bem como a gente vai sair com essas coisas...

Mick se deteve e encarou o urso deitado no chão. Olhou ao redor.

— Cadê o Kelsey?

— Estou aqui — gritou Kelsey.

O garoto arregalou os olhos.

— Mas o quê...

Kelsey se sentou.

— Não sei direito como ficar de pé nessa coisa, mas olha só... dá para se remexer.

Ele começou a balançar os braços em elaborados movimentos de dança.

Quando esticou os braços para os lados, um estalido metálico perfurante ecoou nas quatro paredes ao redor dos garotos. O ruído foi seguido pelo som de unhas arranhando um quadro-negro. Tão abruptamente quanto começou, o barulho parou com um estampido alto. O fenômeno pareceu engatilhar uma cascata de estalos, como dezenas de armadilhas de aço se fechando uma após a outra.

Kelsey começara a berrar no primeiro estalo.

Uma vez, quando Devon era criança, a mãe tinha atropelado um gato no caminho para a escola. O animal não morrera imediatamente. Tinha feito um som que parecia todos os lamentos emaranhados num só — gritos, gemidos, uivos e outros ruídos que Devon não saberia nem como descrever. Aqueles sons ficaram gravados no cérebro de Devon. Ele achava que seria a coisa mais horrível que ouviria na vida.

Mas estava errado.

Aquilo era pior.

E o som nem era a parte ruim. Era ruim, sim. Mas a parte ruim — a parte ruim de verdade — foi a forma como o traje começou a sacolejar numa dança espasmódica e horrenda. Parecia que o urso amarelo carcomido por traças e manchado de bolor estava convulsionando.

Mas não era o urso. Devon sabia que não.

Era Kelsey.

O que eu fiz?, pensou Devon.

— Qual é o problema dele? — gritou Mick.

Devon se sobressaltou. Estava tão hipnotizado pelo sofrimento de Kelsey que havia se esquecido da presença de Mick.

Os gritos do garoto novo pararam, como se alguém, ou alguma coisa, tivesse rompido suas cordas vocais. E a fantasia ficou imóvel.

Foi quando Devon notou que a superfície estava ficando vermelha. Um vermelho escuro, profundo e úmido.

— Aquilo é...? — Mick apontou para o urso, depois caiu de joelhos. — É sangue!

Sim, era sangue.

Devon se sentou e encolheu as pernas junto ao corpo. O sangue inundou a pelagem manchada do urso em segundos, depois começou a empoçar no chão. Como o linóleo também era vermelho, o sangue de Kelsey se camuflava. Devon só conseguia enxergar porque o fluido estava se movendo. Tinha formado uma poça amorfa que parecia estar se arrastando para longe da fantasia de urso encharcada.

Devon encarou o sangue em movimento. Parecia uma coisa viva, um lago vermelho e pensante se estendendo, procurando...

O garoto se arrastou para longe. Grunhiu e levou as mãos à cabeça.

Aquilo não fazia parte do plano dele. A ideia era prender Kelsey no traje e deixá-lo lá por uma hora e pouco até que o garoto surtasse, uma vingancinha pelo que tinha acontecido no dia da carona. Se Devon tivesse desconfiado do que aquilo iria...

Ele estava irritado, sim, e com ciúmes. Desde a tarde de sexta, e mesmo antes, odiara Kelsey mais do que odiara qualquer pessoa ou qualquer coisa no mundo. Odiara Kelsey mais do que odiara o pai que o havia abandonado.

Odiava Kelsey porque ele tinha tudo que Devon queria ter. Justo quando parecia que ele teria uma chance com Heather... Certo, talvez ele tivesse se iludido, mas mesmo assim não tivera nem a oportunidade de descobrir o que poderia ter acontecido entre eles. Kelsey chegou e fez amizade com todo mundo em dois segundos. Devon passara a vida tentando fazer um único amigo além de Mick. Kelsey não tinha o direito de conseguir as coisas com tanta facilidade!

Mas aquilo não significava que ele merecia aquela morte horrível.

— Dev?

Devon enxugou as lágrimas que mal notara que haviam se formado nos olhos.

— Dev!

Ele limpou o rosto e olhou para Mick. O amigo estava sentado no chão, do outro lado da fantasia de urso, que se esvaía em sangue. Sim, claro. *Fantasia de urso* que se esvaía em sangue. Devon estava se iludindo de novo. Não era a fantasia que estava se esvaindo em sangue. Era *Kelsey*.

Devon ouviu o soluço de Mick e se deu conta de que o garoto estava chorando. O rosto sujo do amigo estava manchado de lágrimas, dando a ele uma aparência estranha, como se tivesse faixas verticais de uma pintura de guerra nas bochechas. *Coitadinho*, pensou Devon. Mick não era maduro o bastante para lidar com algo assim.

E Devon era? Ele soltou uma risada amarga.

O olhar de Mick, que estava fixo na fantasia de urso e no sangue em movimento, recaiu sobre Devon.

— Do que você está rindo? — A voz dele saiu aguda.

Devon balançou a cabeça.

— É que... esquece. Eu, acho que eu... Talvez seja o choque.

Mick o encarou por alguns segundos, depois voltou a atenção de novo para o traje. Seu rosto se contraiu numa careta.

— Olha, ainda está se mexendo. Ele ainda está vivo. A gente precisa tirar o Kelsey daquela coisa.

Devon olhou para a fantasia de urso. Parecia pulsar, como se fosse um imenso coração sangrento dando as últimas batidas.

— A gente precisa tirar o Kelsey daquela coisa — repetiu Mick.

— Não dá — falou Devon.

— Como assim?

Com a boca escancarada, lágrimas ainda descendo pela face e o nariz escorrendo, Mick continuou a observar a fantasia que se mexia de vez em quando por… por quanto tempo? Devon não sabia.

Sentia que não estava mais ali. Obviamente estava. Mas não estava. Voltara ao próprio passado. Viu o pai sair com o carro no dia em que partiu para nunca mais voltar. Viu a mãe, cansada, preparar mais uma refeição composta por macarrão e queijo de baixa qualidade. Viu todas as outras crianças rindo e brincando na escola. Viu Mick no clubinho no posto de gasolina. Viu Heather, e seu desejo de que ela o notasse. Viu a si próprio, feliz por ela ter dito o nome dele. Viu a garota, com seu suéter vermelho, falando de justiça na aula de estudos sociais: "Acho que justiça é retaliação."

Retaliação. O plano dele consistia naquilo. Ele queria justiça. Retaliação.

Kelsey o havia machucado. Fizera Devon achar que seria parte de algo, mas depois o dispensara. Doía, como ser apunhalado.

Ele só queria que Kelsey sentisse algo parecido. E talvez quisesse que o aluno novo acabasse marcado para sempre, assim como acontecera com Devon, tendo que lidar com todas as rejeições que havia sofrido.

Mas era só isso que ele queria. Não o que estava acontecendo ali.

"Acidentes acontecem", cantarolou Heather na cabeça dele.

Devon se assustou quando Mick o chacoalhou pelos ombros. Como tinha chegado até ali? Devon franziu a testa e balançou a cabeça para desanuviar os pensamentos.

— Por que não está me respondendo? O que você quer dizer com "Não dá"?

Mick estava perto, perto demais.

Devon conseguia ver o ranho escorrendo pelo nariz do amigo.

— Então, não dá porque...

Mick o analisou por um longo momento, então se arrastou às pressas para longe.

—Você fez isso de propósito?

Devon não respondeu.

— Responde, Devon! Foi de propósito? — repetiu Mick.

Devon tentou umedecer a boca o bastante para engolir.

—Você *matou o Kelsey*? — berrou Mick.

— Não! — Devon se levantou num pulo e começou a andar de um lado para o outro. De repente, lágrimas brotaram em seus olhos, incapazes de serem contidas. — Não!

— Então o que acabou de acontecer?

Mick abraçou os joelhos e começou a se balançar para a frente e para trás.

Devon encarou o traje ensanguentado. Esfregou o rosto.

— Eu queria retaliação.

— Matando ele?

Aos tropeços, Mick ficou de pé.

— Não! — gritou Devon.

— Então o quê?

— Quando vim até aqui sozinho, encontrei o traje e tentei vestir o braço. — Ele sabia que os soluços estavam distorcendo as palavras. Mick se concentrava, tentando compreender. — A fantasia tinha umas travas dentro. Depois que elas fecham, é quase impossível sair de dentro do negócio sozinho.

Devon apontou para a bandagem que envolvia a mão, que tinha arranhado tentando escapar do braço pesado da fantasia.

— Então você *sabia* o que ia acontecer?

— Não. Quer dizer, sim. Mas não. Eu só queria dar um susto nele! Achei que depois que o Kelsey ficasse trancado na fantasia, eu ia largá-lo aqui até o pôr do sol... só para deixá-lo um pouco nervoso! Eu queria que ele se sentisse injustiçado, que sentisse na pele o que fez com a gente! Como me senti quando ele e aquele vizinho dele foram embora com... Queria que ele se sentisse ferido. Mas não que se ferisse *de verdade*... Isso, não!

O traje amarelo estremeceu, e Kelsey soltou um som gorgolejante.

— Ele ainda está vivo — sussurrou Mick, indo até a fantasia, mas Devon o segurou pelo braço.

— Não encosta!

Mick se desvencilhou, encarou o amigo por um instante e então correu na direção da entrada do lugar.

— A gente precisa buscar ajuda!

Devon correu até o amigo e o segurou de novo.

— Não dá!

— Como assim? Por quê?

— Porque a gente vai para a cadeia.

— *Você* vai para a cadeia — afirmou Mick.

— Você quer que eu seja preso?

— Não! Claro que não!

— A gente não está junto em tudo, sempre?

— Bom, sim... — disse Mick.

— Então vamos estar juntos *nessa* também.

Devon se virou e olhou para Kelsey e para a poça de sangue no chão.

Os riachos vermelhos não estavam mais se espalhando tão rápido, mas ainda se moviam como um exército de soldados rubros pelo linóleo.

— Mesmo que a gente tente, nenhuma ajuda chegaria a tempo. Ele perdeu sangue demais. Se tentarmos, vamos só arranjar um problema para a gente.

Mick fulminou Devon com o olhar.

— Você pelo menos está arrependido do que fez?

— É óbvio que sim! — berrou Devon.

Mick ergueu as mãos.

— Certo. — Ele respirou fundo, trêmulo. — Certo.

Devon se deu conta de que também estava tremendo. Sentia as pernas bambas, e precisou se concentrar para continuar de pé.

Ele era um assassino.

Sentiu um calafrio, não sabia se por conta do que tinha feito ou por medo do que aconteceria com ele caso descobrissem.

Ele respirou fundo e endireitou a postura.

— Certo. A gente vai fazer o seguinte.

Mick esfregou o nariz e olhou para Devon como se ele fosse capaz de resolver tudo.

Mas Devon jamais seria capaz de resolver aquilo.

— A gente não pode desfazer o que aconteceu — começou Devon.

— *A gente*? — retrucou Mick. — Você fala como se eu tivesse ajudado. Não ajudei!

— Certo. Eu. *Eu* não posso desfazer o que aconteceu. Então, agora, a gente tem uma escolha. Ou contamos tudo e eu vou para a cadeia, ou não contamos e eu não vou para a cadeia. Nos dois casos, Kelsey continua como está. Eu queria não ter feito isso. Estou arrependido. Muito, muito arrependido. Mas isso não ajuda em nada o Kelsey. E eu ir para a prisão também não.

— Está falando que a gente devia largar o Kelsey aqui? — A voz de Mick saiu baixinha.

Devon respirou fundo e soltou o ar.

— É, isso.

Eles se encararam por um longo minuto.

Lá fora, um corvo gritou. Outro respondeu. Na antiga pizzaria, os únicos sons eram os da respiração ofegante de Devon e de Mick. Ambos estavam esgotados de tanto chorar. Os sons irregulares e abafados que faziam eram perturbadores, mas não tanto quanto o ruído seco de algo se arrastando que ouviram logo depois. O que era aquilo?

Devon segurou Mick pelo braço.

—Vamos. Onde você deixou a mochila?

Mick apontou. Estava apoiada na parede perto da entrada, ao lado da bolsa de Devon. Ele se forçou a se virar e procurar a lanterna. Estava jogada ao lado da pilha de baldes que Mick tinha arrastado do depósito. Traçando um arco amplo para passar bem longe da fantasia de urso e do sangue, Devon foi para o outro lado a passos largos e pegou a lanterna.

— Deixou mais alguma coisa por aqui? — perguntou ele, tentando ignorar o fato de que o som parecia estar vindo da fantasia de urso.

Mick, que estava com os olhos vidrados, piscou e olhou ao redor.

—Acho que não.

Devon forçou as pernas a se moverem. Até respirar era difícil, mas ele precisava sair dali com o amigo, então enfiou a lanterna na mochila e arrastou Mick consigo.

—Vamos.

O garoto se esgueirou pela janela ao lado da porta e puxou Mick, que gemeu de dor, mas seguiu em frente.

Assim que saíram para a luz do fim da tarde, Mick falou:

— E a mochila do Kelsey?

Devon olhou de novo para a construção. Será que deveria ir buscar a mochila? E faria o que com aquilo? Não. Ninguém iria até ali. E, caso fossem, encontrariam Kelsey, não encontrariam? Então qual era o problema de acharem a mochila também?

Devon olhou para Mick, que varria a mata com o olhar como se estivesse tentando entender onde estava.

—Vamos — disse ele, puxando o amigo.

Naquela noite, Devon ficou com medo de dormir. Achou que teria pesadelos.

Mas não teve. No final do dia, estava tão cansado que dormiu como se tivesse sido engolido por um buraco negro — e o buraco negro era seu amigo. Parecia que um cobertor de indiferença havia sido colocado sobre todos os eventos daquele dia, inclusive na manhã seguinte. Era um efeito parecido com o das cortinas diáfanas que a mãe tinha pendurado nas janelas da cozinha. Dava para ver através do tecido, mas os detalhes ficavam enevoados.

Na manhã de terça, Devon sabia o que tinha feito no dia anterior. Ele se lembrava de tudo, mas as recordações estavam tão borradas que pareciam fictícias, como se o garoto tivesse assistido a um filme de terror, em vez de ter vivido um.

Antes que ele e Mick se separassem para ir para casa na tarde anterior, Devon tinha dito ao amigo:

— Estamos juntos nessa.

Mick havia repetido a frase sem emoção, como um robô quase sem bateria.

Na noite anterior, a reação do amigo preocupara Devon, mas, naquela manhã, seu receio se dissolveu. Mick ficaria calado.

E, de fato, estava calado. Até demais.

Se Devon tinha uma certeza nos últimos dez anos era a de que o dia começaria com Mick tagarelando. Mas o amigo estava em silêncio.

Na hora do almoço, os garotos se apoiaram no muro de pedra onde comiam sempre. Mick não falara muito depois do "Ei, Dev" de manhã, quando o amigo o encontrara para caminharem juntos até a escola.

Devon ainda se encontrava num estado crepuscular de negação, mas o crepúsculo aos poucos se transformava em aurora. Quando a sra. Patterson notara que Kelsey tinha faltado à aula, a película que havia entre Devon e o que ele fizera começou a se rasgar. Os detalhes estavam vindo à tona.

Mick abriu o almoço sem um pingo do entusiasmo habitual.

Devon tentou animar o amigo.

— O que trouxe hoje?

A mãe de Mick sempre colocava pelo menos um "mimo" no almoço dele.

— Hein? — Mick fungou. — Ah. Não sei.

Devon suspirou.

Mick abandonou o saco com a comida e se inclinou mais para perto do amigo.

— Não consigo parar de pensar nele.

— Shhh — pediu Devon. — Aqui não.

Os olhos de Mick se encheram de lágrimas, e o rosto dele ficou vermelho.

Devon olhou ao redor e depois deu tapinhas na mão do garoto.

— Está tudo bem. A gente pode falar disso hoje à tarde, pode ser? Vamos para o nosso acampamento.

Esperava que as palavras "nosso acampamento" acalmassem o amigo. Mick gostava quando Devon se referia daquela forma ao ponto de encontro improvisado e coberto temporariamente por lonas.

O garoto enxugou os olhos.

— Tá bom — respondeu ele, tão baixinho que Devon mal o escutou.

Sentado de pernas cruzadas no chão frio e seco da floresta, Mick brincava com um montinho de pinhas pequenas. Devon o observava, esperando que o amigo falasse algo. Aguardou por vários minutos.

— E se ele ainda estiver vivo? — conjecturou Mick, por fim, erguendo os olhos da obra de arte, mas depois voltando a fitar o chão. — Não consigo parar de pensar nisso. E se ele ainda estiver vivo?

Devon não respondeu. Também estava pensando naquilo, embora estivesse se esforçando muito para não pensar.

— Quase vomitei quando a professora disse o nome dele na chamada — comentou Mick.

Devon sentira algo parecido, mas preferiu não revelar.

— Acho que ele não está mais vivo — disse Devon.

Mick ergueu a cabeça e o encarou.

— Mas não tem certeza.

Devon balançou a cabeça. Quase ouviu o som da barreira fina que o protegia do dia anterior se rasgando mais um pouco. Fechou os olhos com força... como se fosse ajudar.

— Não, não tenho certeza.

Quarta. Quinta. Sexta.

Na quarta, um misto de medo, preocupação e curiosidade tomou a escola, como ondas irradiando a partir de um evento central. As pessoas só falavam naquilo. Onde estava Kelsey? Tinham até acionado a polícia.

Mick faltou os três dias, mal demais para ir à aula. Quando Devon foi visitá-lo, o amigo jurou que não contaria nada para ninguém, mas nem sequer conseguia manter a comida no estômago. A mãe achava que o menino estava com uma infecção alimentar.

Devon estava lidando melhor com a situação do que o amigo. Os anos sem pertencer a nenhum grupo da escola tinham dado ao garoto a habilidade de manter uma expressão neutra independentemente de como se sentisse. Ele apenas seguiu fazendo suas coisas, quase invisível. Tinha certeza de que parecia normal... mesmo que estivesse longe de se sentir assim. Cada músculo em seu corpo parecia tenso. Era um suplício se mexer, mas tampouco conseguia ficar parado. No fim da semana, já tinha roído as unhas quase até o sabugo.

Na tarde de sexta, a sr. Wright anunciou para a escola que a polícia tinha concluído que Kelsey havia fugido. Pelo jeito, ninguém vira o aluno novo sair da escola com Devon e Mick, e ele também não contara a ninguém para onde estava indo. Nada daquilo surpreendia Devon. Até onde sabia, apenas ele e Mick faziam aquele caminho na volta para casa, passando pelo pátio ferroviário. E era óbvio que Kelsey não contaria a ninguém que estava indo a algum lugar com Mick e Devon. Bastavam alguns dias na escola para saber que andar com os dois era suicídio social. Kelsey fora inteligente o bastante para perceber aquilo. Devon ainda ficava chocado ao pensar que o garoto pedira desculpas aos dois na segunda. Ele tinha achado que seria muito mais difícil atrair Kelsey para...

Acidentes acontecem.

Sexta à tarde, Devon foi visitar Mick. O menino estava tomando uma sopa quando ele chegou.

— Agora ele pelo menos está conseguindo comer um pouco — disse a mãe de Mick, abraçando Devon diante da porta que levava ao quarto do filho. — Acho que não é nada contagioso, pode entrar.

— Obrigado, sra. Callahan.

Devon sorriu para a mulher corpulenta, ruiva e cheia de sardas, sentindo um calafrio. Era o abraço dela. Tinha sentido a mesma coisa ao ser abraçado pela própria mãe ao longo da semana. Ele não merecia abraços.

— Quer sopa, querido? — perguntou a sra. Callahan. — Tem bastante.

Devon negou com a cabeça.

— Não. Humm... obrigado.

A sra. Callahan o abraçou com mais força.

— Vocês estão crescendo tão rápido! — exclamou ela, e saiu, toda atarefada.

Devon se jogou no pufe vermelho que ficava na entrada do quarto de Mick e Debby.

— E aí? — cumprimentou Devon, olhando para a cortina de bolinhas azuis e amarelas que dividia o cômodo ao meio.

Mick limpou a boca, enfiado sob uma coberta vermelha de super-herói. Estava com as costas apoiadas numa pilha de travesseiros com fronhas do mesmo conjunto.

— E aí...

Devon teve a impressão de que o amigo diria mais alguma coisa, mas ele voltou a tomar a sopa da grande tigela laranja.

Devon olhou ao redor, analisando o quarto pequeno que os irmãos compartilhavam.

Ao contrário do quarto dele, que não tinha quase nada exceto alguns pôsteres com imagens da vida animal e uma coleção de pedras, o de Mick tinha um monte de brinquedos espalhados por tudo que era canto. Não parecia o quarto de um menino de quinze anos, e sim o de uma criança. A parte de Mick não tinha muitos móveis — apenas uma cama, uma mesinha de cabeceira e algumas prateleiras com uma mesa embutida. Estavam cheias de livros, mas também havia bonecos de super-heróis e de personagens de ficção científica, além de vários jogos de tabuleiro.

Devon olhou para a cortina de novo. Mick pareceu notar.

— A Debby foi passar uns dias na casa de uma amiga.

Devon assentiu, e Mick soltou a colher, que bateu na tigela com um estalido. Limpando a boca, o menino disse:

— E se ele ainda estiver vivo?

Devon se virou depressa para ver se a porta ainda continuava fechada.

— Ela está na cozinha. E o papai não está em casa. — Mick empurrou a bandeja para o lado. — Não contei para ninguém, nem vou contar. Mas não consigo parar de pensar nele. E se o Kelsey ainda estiver vivo?

— Já faz seis dias.

— É, mas...

— Ele não está vivo — declarou Devon.

— Mas poderia.

— Como? Ele não estava conseguindo se mexer. E não tem água.

— Quanto tempo as pessoas conseguem sobreviver sem água? — perguntou Mick. Antes que Devon pudesse tentar responder à pergunta, o outro garoto acrescentou: — Espera! Tinha água, *sim*. Na cozinha.

Devon ficou tenso. Mick tinha razão.

— E se o Kelsey conseguiu chegar até lá? — insistiu o menino.

— Como? Aquele traje era muito pesado, e ele perdeu rios de sangue.

Para dizer o mínimo.

Mick contorceu a boca, pensando.

— Verdade. Mas e se o traje tiver ajudado? O próprio Kelsey falou que tem alguns que fazem isso. E se a fantasia o ajudou a chegar na cozinha?

Devon achou a ideia bizarra, mas qual parte de tudo que tinha acontecido *não era* bizarra?

— Se isso tiver acontecido, ele ainda pode estar vivo, e não quero deixar nosso amigo lá daquele jeito! — continuou Mick, inclinando-se para a frente. — Vou ficar de bico calado, eu juro. Mas primeiro a gente precisa voltar até lá para garantir que ele está, bom… você sabe… ou não. Se ele estiver vivo, precisamos ajudar. *Precisamos*. É isso.

— Certo — falou Devon, percebendo que Mick não desistiria daquela ideia. — Mas *a gente* não vai fazer nada. *Eu* vou.

— Mas…

— Sua mãe não vai deixar você ir para o meio da mata. Ela acha que está com virose. E, se você estiver certo, não podemos mais esperar. Deixa que eu vou até lá.

— E se ele ainda estiver vivo? Como você vai levar o Kelsey para o hospital?

— Posso chamar alguém depois de ver como ele está. — Ele lembrou que o celular não pegava na região, então mudou de ideia. — Quer dizer, vou levar umas bandagens e coisas para poder… como dizem? Estabilizar. Para poder estabilizar o Kelsey. O que posso fazer é ficar lá e cuidar dele até ele se sentir melhor. Levar comida e coisa assim. Depois, quando ele melhorar, eu saio, vou até onde tenha sinal de celular e peço ajuda. Isso também vai me dar um tempo para convencer o Kelsey a não contar nada para ninguém.

Mick esfregou o nariz e refletiu.

— Boa ideia — disse ele.

Devon olhou para o amigo, tão inocente… Mick não tinha a menor noção de como o mundo funcionava.

O garoto se levantou do pufe, meio desajeitado, e foi até a cama de Mick, pousando a mão no ombro do amigo.

— Você precisa me prometer uma coisa.

— O quê?

— Não sei quanto tempo vou demorar para tirar o Kelsey do traje e ajudá-lo a melhorar. Você precisa me dar cobertura.

Mick assentiu.

— Como?

— Vou contar para a minha mãe que vou passar alguns dias aqui porque você precisa de companhia, já que a Debby não está dormindo em casa. Ela vai acreditar.

— Certo.

— E se eu não tiver voltado até segunda, você vai precisar avisar para os professores que fiquei doente. Combinado?

— Combinado. Pode ser.

— Você tem que continuar falando que estou doente, por quanto tempo for necessário. Tem certeza de que consegue fazer isso?

Mick assentiu.

— Aconteça o que acontecer, não pode dizer para ninguém onde estou — insistiu Devon.

— Certo. Posso fazer um juramento, se você quiser.

Devon deu de ombros.

— Pode ser. — Ele entrelaçou o dedo no do outro garoto e ouviu Mick prometer que encobriria os rastros de Devon por quanto tempo fosse necessário.

— Você é um bom amigo — falou Devon.

Mick sorriu.

. . .

Quando chegou em casa, Devon disse à mãe que voltaria para a casa do amigo.

— Legal da sua parte, mocinho — disse ela, parecendo aliviada.

Devon teve a impressão de que a mãe estava cogitando ir dormir mais cedo.

O garoto foi para seu quarto quase vazio. Olhou ao redor. Ainda não sabia muito bem o que faria quando voltasse à pizzaria abandonada, mas, se fosse mesmo tentar tirar Kelsey de lá, precisaria de ferramentas.

Ele se sentou na beirada da cama. O colchão afundou com o peso, e ele ouviu uma mola ranger.

E se não fosse até a pizzaria e apenas contasse a Mick que voltara lá e encontrara Kelsey morto?

Não, não podia fazer aquilo. Tinha dormido bem na noite de segunda, mas depois passara a ter pesadelos todas as noites. Sonhava que Kelsey era um zumbi perseguindo Devon aonde quer que fosse.

Não. O garoto precisava voltar e ter certeza.

Ele pegou a mochila, tirou os livros e o celular. Olhou para o telefone e suspirou. Ótimo. Estava sem bateria. *Fazer o quê?* Colocou o aparelho para carregar. De qualquer forma, não conseguiria usar o celular perto da construção. Analisou as arredores mais uma vez. Seu olhar recaiu sobre um martelo largado ao lado do armário aberto. Tinha pegado o item da caixa de ferramentas precária da mãe para consertar uma prateleira quebrada e nunca o devolvera ao lugar. Aquilo poderia ajudar a abrir o traje... Isso se as coisas chegassem a esse ponto.

• • •

O sol estava começando a mergulhar no horizonte quando Devon chegou à construção estrangulada por moitas de mirtilos. Antes de se abaixar e passar pela abertura tombada em formato de cabeça de animal, pegou a lanterna e o martelo.

E, como fizera desde que tinha entrado na floresta, se esforçou ao máximo para ignorar o farfalhar, os chiados e os estalos que ouvia na mata. *São só bichinhos da floresta*, tentava convencer a si mesmo, enquanto comia, nervoso, a barra de chocolate que seria seu jantar.

O que estaria o esperando dentro da construção?

Devon respirou fundo, se abaixou e passou pelo túnel da entrada. Hesitou alguns segundos, mas então se esgueirou pela pequena janela lateral. Uma vez lá dentro, congelou, iluminando os arredores com a lanterna em espasmos nervosos.

Ele considerara a possibilidade de Kelsey, ainda no traje ensanguentado de urso, surgir diante dele e atacá-lo. Estava pronto para fugir pela abertura estreita por onde entrara.

Mas nada aconteceu. Ele estava sozinho. Bom, sozinho exceto pelo corpo de Kelsey dentro da roupa de urso e pelos personagens animatrônicos no palco.

Devon deu um passo incerto e parou, tentando identificar qualquer barulho. O lugar estava completamente silencioso. Era sinistro. Devon sentiu um ímpeto de correr mesmo sem nada se mexendo ou o perseguindo, mas dominou o medo e seguiu em frente.

Desviando do urso ensanguentado, percorreu toda a construção. Entrou em cada um dos cômodos e iluminou cada canto e esconderijo com a lanterna. Já tinha visto muitos filmes e séries na tevê para saber que era necessário ver se o lugar estava "limpo" antes de baixar a guarda.

Tudo estava exatamente igual a quando haviam ido embora na segunda... exceto pelo cheiro. Devon sentiu o odor metálico e terroso de sangue assim que entrara na construção. Havia outro cheiro rivalizando com o do sangue, algo doce e enjoativo. O garoto tinha quase certeza de que o fedor era decorrente da putrefação, mas talvez estivesse enganado.

Certo. Já tinha adiado ao máximo o que fora fazer ali.

Com passos lentos e hesitantes, Devon se aproximou do traje de urso. Parou quando chegou à poça de sangue. Era fácil de enxergar, porque o líquido tinha secado e ficado mais escuro que o vermelho do chão. Não estava mais do mesmo tom do linóleo, e as bordas se destacavam claramente sob o brilho da lanterna de Devon.

Cerrando os dentes, o garoto se inclinou e tocou a beira da mancha. Puxou a mão assim que tocou na superfície — ainda estava um pouco grudenta.

Certo. Tudo certo. Ele estava preparado. Não sabia quanto tempo demorava para o sangue secar por completo, mas tinha imaginado que a atmosfera úmida do lugar tornaria o processo mais lento.

Devon tirou a mochila das costas e pegou a lona que levara consigo. Em vez de pegar a comida e as ataduras que prometera a Mick, havia escolhido a lona. Sabia que não tinha como Kelsey estar vivo e não queria precisar se sujar todo de sangue para conferir se...

O garoto se forçou a calar os pensamentos. Encostou a mochila na parede e abriu a lona sobre o sangue perto da cabeça do traje.

Precisou respirar pela boca, porque, ali, o cheiro de sangue e putrefação estava mais forte. Kelsey só podia estar morto.

Mas Devon não conseguiria dormir a menos que tivesse certeza.

Apontou a lanterna para a cabeça do urso. Sentiu os músculos ficarem rígidos, porque esperava ver os olhos de Kelsey o encarando pelos buracos. Mas...

Nada.

Só havia vazio e escuridão.

Devon se inclinou mais para perto, iluminando diretamente as aberturas. Por que não estava conseguindo ver o rosto de Kelsey?

Olhou para trás, a fim de se certificar de que ainda estava sozinho. Os personagens no palco tinham se mexido? Ele respirou fundo e os banhou com a luz. Franziu a testa. Não conseguia se lembrar de como estavam posicionados antes. Ficou olhando por mais vários segundos e então direcionou a lanterna de novo à tarefa que tinha em mãos. Ele se aproximou da cara do urso. Mesmo assim, não conseguiu ver nada.

Precisava tirar a cabeça da fantasia. Aquilo significava tocar a pelagem ensanguentada. Ainda bem que também havia se preparado para algo do tipo.

Devon vasculhou os bolsos da calça e pegou um par das luvas de limpeza da mãe. Após colocá-las, apoiou a lanterna no peito do urso para iluminar o pescoço e esperou um pouco para ter certeza de que o traje não estava se movendo, então tateou a fantasia à procura do mecanismo que prendia a cabeça no lugar. Levou apenas alguns segundos para encontrar, mas a trava não soltava de jeito nenhum. Ele empurrou. Puxou. Chacoalhou. Enfim, deu marteladas na tranca. A cabeça não se soltava do torso.

Beleza. Devon inseriu a parte curva do martelo na boca do urso. Usando a outra mão para fazer uma alavanca, forçou o maxilar a se abrir.

Arquejou quando ouviu o guincho que a boca soltou ao se escancarar. Pareciam dentes rangendo uns contra os outros, o que não fazia sentido. A boca estava se abrindo, não se fechando.

Soltando a respiração, Devon iluminou a abertura com a lanterna. Inclinou a cabeça de lado e olhou tão fundo quanto conseguiu.

Não havia nada lá dentro.

Sério?

Banhou o interior da cabeça com o feixe de luz. Estava mesmo vazio.

Será que o traje tinha arrancado a cabeça de Kelsey? *Aham, e fez o que com ela? Comeu?*

Devon sentiu os pelos dos braços se arrepiarem quando se lembrou da história que tinha escrito sobre o pula-pula. Se um pula-pula podia engolir uma criancinha, uma fantasia de urso podia muito bem comer um adolescente. Certo?

— Se controla — murmurou ele para si mesmo.

Em algum lugar da construção, algo crepitou baixinho. Devon olhou para os lados, apontando a lanterna para todos os cantos do cômodo. Algo parecia ter bufado, como o relincho baixinho de um cavalo. Tinha vindo de algum ponto atrás dele, não?

Ou da frente?

Ele se voltou depressa para a fantasia. A pelagem ensanguentada brilhava, mas não estava se movendo.

—Vamos acabar logo com isso — ordenou a si mesmo.

Abaixou-se mais uma vez e direcionou a lanterna para dentro da boca do urso. Dessa vez, se concentrou em tentar ver o que havia no torso.

A princípio achou que não estava enxergando nada, mas depois teve a impressão de vislumbrar algo lá embaixo. Será que Kelsey havia escorregado para a base da fantasia? Será que o que Devon estava vendo era cabelo? Ele tentou iluminar o interior do animatrônico com a lanterna, mas mesmo assim não conseguia enxergar. Precisaria colocar a mão lá dentro.

Feliz por estar de luvas, Devon endireitou a postura e respirou fundo, tentando reunir coragem. Então enfiou a mão pela boca do urso, cada vez mais fundo, até que apenas seu ombro ficasse de fora. Tateou o interior do objeto, mas não sentiu nada.

Então ouviu. Alguém — ou algo — chamou seu nome.

— Devon!

O garoto se sobressaltou e tentou tirar o braço de dentro da fantasia, mas a boca se fechou acima de seu cotovelo, travando com dois estalidos simultâneos. Um deles foi o do osso de Devon se quebrando.

Quando a dor fulminante disparou do bíceps até a ponta dos dedos, o garoto deu um berro agonizante. Sentiu os olhos se encherem de lágrimas e chorou de desespero e medo. Tentou puxar o braço. Péssima ideia. Ele uivou de dor e tentou ficar imóvel. O suor se juntou às lágrimas que escorriam por seu rosto. Mexer o braço era uma tortura. Parecia que o urso estava tentando arrancar seu membro fora.

Devon sentiu a bile subindo do estômago e se engasgou. Virou a cabeça, tomado pela ânsia, e vomitou em si mesmo. O cheiro ácido e os pedacinhos marrons de algo ainda não totalmente digerido provocaram mais uma onda de enjoo e então mais uma torrente de vômito.

Aos prantos, Devon gritou por ajuda, mesmo sabendo que ninguém o acudiria.

— Socooooorro!

O som saiu ainda pior do que o que Kelsey havia soltado quando o traje o empalara. Era definitivamente pior que o gato moribundo. Era o som da angústia e do desespero. Da falta de esperança.

Saliva escorria de sua boca enquanto o grito se dissolvia num soluço. Ignorando a dor quente como lava que se espalhava pelo braço direito, Devon usou a mão esquerda para socar a boca do urso, um esforço em vão. Acertava o próprio braço de vez em quando e berrava a cada pancada. Mesmo assim, continuou tentando abrir a boca do animatrônico.

Quando enfim perdeu a força para segurar o martelo, que quicou do peito do urso e caiu no chão ensanguentado com um estalido, o garoto começou a tentar arrastar o traje do urso pelo chão. Estava fora de si, sem conseguir pensar com clareza. Sabia que não conseguiria carregar todo aquele peso.

Caindo na poça fedorenta do próprio vômito, Devon se curvou de lado, gemendo a cada onda de dor que percorria seu braço. Tentou ignorar a sensação de algo quente e úmido escorrendo pelo bíceps.

Fica calmo, disse a si mesmo. Mick sabia onde ele estava. Mick iria resgatá-lo.

Com um gemido, Devon se deu conta: não, não iria. Mick faria exatamente o que Devon mandara o amigo fazer.

Quando tempo demorava para alguém sangrar até a morte? Não muito, achava ele, se a hemorragia fosse muito intensa. Mas não era o que parecia. A sensação de algo quente parava no cotovelo, sem escorrer mais. Não, ele não sangraria até a morte.

Então quanto tempo até morrer de desidratação? Porque era o que ia acontecer. Ele não tinha levado água porque não tinha planejado ajudar Kelsey. Agora, não podia ajudar a si mesmo.

Flexionou os dedos dentro do traje. Grunhiu quando o movimento fez outro lapso de dor subir pelo braço. Depois congelou no lugar, arquejou e fechou o punho.

Tinha mesmo sentido algo se mover dentro da roupa de urso?

— Não, não...

Outro roçar de algo se mexendo de leve contra os dedos.

— São vermes — disse Devon.

Via bastante televisão e sabia que vermes gostavam de cadáveres.

Só podiam ser vermes, certo? Não o... Não. Não podia ser... Kelsey, certo?

Devon chacoalhou o corpo todo, retorcendo-se violentamente num pânico descontrolado, reunindo toda a energia que lhe restava. Ele urrava de dor, vômito voando para todos os lados e a lona plástica estalando embaixo dele. Mesmo assim, ele não cedeu. Lutou para se libertar com cada grama de força que tinha.

Mas não era suficiente.

Na verdade, estava só piorando as coisas.

Após um dos puxões, Devon sentiu o braço se soltar por um instante, mas o membro não se moveu para fora. Na verdade, foi puxado um pouco mais para dentro.

Dominado pelo medo, Devon olhou para o traje de urso e notou que a boca havia se escancarado ainda mais. Agora os dentes estavam fincados ao redor do ombro do garoto, e não do bíceps.

Ele tinha certeza: morreria ali. Não conseguia soltar o braço, não conseguia arrastar a roupa de urso. E Mick não deixaria ninguém ir atrás dele. O garoto havia discordado de Devon várias vezes ao longo dos anos, mas nunca contrariara o amigo. Nem uma única vez.

Devon pensou no filme a que tinha assistido em que um homem havia cortado o braço para se soltar depois de ficar preso embaixo de uma pedra. Sentiu ânsia de vômito e fechou a garganta. Não era um pensamento bom. Nem útil. Mesmo que tivesse uma faca ou serra, achava que não seria capaz de fazer aquele tipo de coisa.

O garoto se chacoalhou em mais uma tentativa de se libertar. A boca se abriu ainda mais, e Devon teve um vislumbre rápido do interior da roupa.

Arquejou, e por um momento o choque bloqueou a dor.

Lá embaixo, além de seu braço, Devon viu um corpo — um cadáver, como o que achava que encontraria ao voltar para a pizzaria abandonada. Mas não era *exatamente* o que esperava. O corpo que encontrou não era loiro. Aquele tinha cabelo castanho e encaracolado.

O corpo dentro do traje não era de Kelsey.

Devon só teve um segundo para tentar compreender o que estava acontecendo antes que seu ombro fosse sugado por completo para dentro do traje. O garoto berrou, mas ninguém o ouviu.

• • •

Na manhã de segunda-feira, Mick ficou decepcionado ao notar que Devon não estava à sua espera para irem juntos para a escola. Pensou que encontraria o amigo nos armários, que ele contaria que Kelsey ficaria bem, ou mesmo que o aluno novo estava morto. Não seria uma boa notícia, mas com certeza tudo ficaria melhor do que na semana anterior. Não saber como Kelsey estava era como estar sendo comido vivo, como estar sendo triturado pelo terrível pula-pula da redação que Devon havia lido na aula de literatura algumas semanas antes.

Aquilo tinha mesmo sido só algumas semanas antes?

Mick ainda por cima teria que ler um poema em voz alta na aula de literatura. Só de lembrar, sentiu o estômago revirar. Ficou tão nervoso que esqueceu que Devon não estava na escola. O amigo dissera que poderia demorar um pouco para que Kelsey melhorasse o bastante para ser retirado da pizzaria. Algo naquela história parecia...

Alguém trombou com Mick, que deixou a mochila cair. Ele se abaixou para pegá-la e foi para a sala.

Na aula, Mick lia e relia o poema várias e várias vezes enquanto a sra. Patterson fazia a chamada. Estava tão entretido que se sobressaltou quando a professora chamou o nome dele.

— Presente!

— Sim, sei que você está presente. Perguntei se sabe onde seu amigo escritor de terror está.

— Oi?

— O Devon. Cadê o Devon?

— Ah, foi mal. Ele ficou em casa porque está doente.

— Certo.

Mick sorriu. Tinha feito sua parte.

Estamos juntos nessa, leve o tempo que levar.

Kelsey se apoiou numa coluna da rotunda da escola nova. Ficou observando as outras crianças. Sorria ou assentia sempre que alguém passava por ele e respondia "Ei!" quando o cumprimentavam.

O olhar dele recaiu sobre alguns garotos que enrolavam do lado de fora do portão. Um estava usando roupa preta da cabeça aos pés, e o outro vestia uma calça rasgada e uma camiseta desbotada. Os outros alunos ignoravam os dois ou lhes lançavam olhares de desprezo. De vez em quando, os garotos respondiam com uma careta.

Kelsey saiu de perto da coluna e, assim que os dois meninos decidiram entrar, se aproximou. Parou diante da dupla e disse:

— Oi, me chamo Kelsey. Sou novo aqui.

Os jovens olharam para ele, arqueando a sobrancelha.

Kelsey abriu um sorriso afável.

— E aí? O que tem de legal para fazer por essas bandas?

Larson estava diante da elegante escrivaninha xerife de carvalho que dominava uma das extremidades da sala de estar — que, com exceção do móvel, era tudo menos elegante. Quando sentado à mesa, banhada pela luz da luminária e encostada na parede com o quadro de uma águia voando sobre uma campina, o investigador ficava de costas para o cômodo e, portanto, podia fingir que o restante do espaço não existia. Todas as outras coisas na sala — a mesa de carteado manchada, duas cadeiras dobráveis, uma poltrona desgastada e um pufe de vinil azul — só faziam o lugar parecer mais vazio e triste.

Dando um gole no copo que segurava junto ao peito, ele olhou para a foto enquadrada de Ryan. O garoto tinha seis anos na época. Acabara de perder os dois dentes de leite da frente. A janelinha que se formara dava ao rosto sardento uma aparência serelepe que Larson amava. Diziam que Ryan era o pai cuspido e escarrado. Larson concordava, de certa forma. Sem dúvida ele e o filho compartilhavam o mesmo cabelo louro bem claro, as mesmas sardas, os mesmos olhos azuis e a mesma boca larga. Por sorte, o nariz era da mãe. Mas às vezes tudo que Larson via quando olhava para o filho eram as diferenças entre os dois. Para Larson, o próprio rosto parecia severo e fechado, enquanto o de Ryan ainda era animado e sereno.

Por quanto tempo continuaria daquele jeito?

Alguns dias antes, Larson tivera um vislumbre de como Ryan ficaria quando as possibilidades da infância fossem engolidas pelas obrigações da vida adulta. O homem tinha prometido — com a mão estendida sobre uma pilha de revistas em quadrinhos, inclusive — que levaria Ryan para assistir à estreia de um filme. Mas o trabalho tinha chamado, e Larson cancelara o compromisso. O filho não gostara nem um pouco.

— Você nunca faz o que promete! — berrara o garoto, com o rosto vermelho e contorcido por uma decepção massacrante.

— Sinto muito, filho.

O menino bufara.

— Os professores dizem que pais são que nem super-heróis. Mas você não é. Super-heróis têm palavra.

O telefone de Larson tocou, e ele atendeu de supetão. Qualquer coisa que o salvasse das memórias de seus muitos arrependimentos era bem-vinda.

— A Aparição de Sutura foi avistada outra vez — disse o delegado Monahan com sua voz rouca. — Quero que vá até lá.

— Até onde?

— Até o lugar do incêndio... Lembra daquele incêndio bizarro?

— Claro. — Larson pousou a bebida na mesa, feliz por ter dado apenas alguns goles. — Chego em dez minutos. — Ficou de pé. — Espera. Não é a segunda vez que a aparição é vista lá?

Don empurrou a grande porta de metal da antiga fábrica, e ele e Frank seguiram na direção do food truck estacionado no meio de uma das linhas de montagem desativada. O trailer, que não era mais móvel, fora abandonado e estava cercado de mesas de piquenique de madeira. Tinha ficado meio estranho, mas o dr. Phineas Taggart, o proprietário, também era um homem estranho.

Don viu Phineas sentado no banco de uma das mesas e cutucou Frank com o cotovelo. Os dois observaram o sujeito puxar cuidadosamente a barra do impecável jaleco de debaixo das coxas e alisá-lo com as mãos. Com o mesmo cuidado, ele passou um guardanapo de linho branco sobre a mesa rústica diante de si. Deu um peteleco numa sujeirinha no canto do tecido e abriu a embalagem do sanduíche, posicionada bem no centro do guardanapo.

— Obrigado — disse Phineas para o sanduíche. — Células, processem esses nutrientes com amor, por favor.

— Ainda falando com a comida, Phineas? — perguntou Don.

Ele revirou os olhos e deu uma piscadela para Frank, que apenas balançou a cabeça.

Phineas fechou os olhos. Parecia estar rezando, mas uma vez tinha contado a eles que, quando fazia aquilo, estava criando um "escudo mental de luz". Fosse lá o que isso significasse.

— Olá, Don — disse Phineas. — Como já expliquei antes, não estou falando com a comida em si. Estou falando com células, tanto as do alimento quanto as do meu corpo.

— Certo, certo. — Don cutucou Frank de novo. — Quando é o piquenique no mundo da lua? — murmurou ele para o colega.

Frank, que tinha a pele marrom e ombros largos como os de Don, colocou o quepe na mesa de piquenique ao lado da de Phineas e se aproximou do food truck para pedir a comida.

— Como o "escudo" está se saindo? — perguntou Don, deixando seu quepe junto ao de Frank.

Phineas viu Ruben anotar o pedido de Frank, depois se virou para o outro homem.

— Estou desenvolvendo uma expertise módica em criação de escudos — respondeu Phineas.

Frank terminou o pedido e se largou no banco da mesa, fazendo um pouco de poeira subir. Don viu Phineas contorcer o nariz. Provavelmente não estava lá muito feliz com o cheiro de suor dele e de Frank. O doutor tinha umas frescuras.

— Você precisa ouvir essa, Frank — disse Don, e acenou para Phineas com a cabeça. — Conte para ele.

Phineas olhou para o sanduíche, mas depois endireitou a gravata vermelha fina e ajeitou o colarinho rígido da camisa social cinza. Pigarreou.

— A criação de um campo pessoal tem sua origem no trabalho de um psicólogo que fez vários experimentos para avaliar o que acontece com nosso corpo quando somos encarados por outras pessoas.

— Por que alguém estudaria isso? — perguntou Frank.

Don, que estava de pé ao lado do balcão de Ruben pedindo o almoço, respondeu:

— Odeio quando alguém me encara. Me dá calafrios.

Ele amava dar corda para Phineas e ouvir o homem tagarelar sobre todas as coisas esquisitas que curtia.

— Exatamente — falou Phineas. — É por isso que esse psicólogo estudou o fenômeno. Por que a gente se incomoda quando alguém nos encara? Para medir os resultados do teste, os pesquisadores usaram registros de atividade eletrodérmica. Esse tipo de leitura mostra as respostas do sistema nervoso simpático.

— Faz todo o sentido — mentiu Don, e então deu uma piscadela para Frank, que sorriu.

Phineas não se dera conta de que os outros dois estavam tirando sarro dele. Então continuou a despejar informações.

— O resultado dos experimentos mostrou que pessoas apresentavam atividade eletrodérmica significativamente maior quando estavam sendo encaradas.

— E aí? — perguntou Frank, dando de ombros.

Ele revirou os olhos para Don, que deu uma risadinha.

— E aí teve um sujeito que também fez outros experimentos — prosseguiu Phineas. — Ele queria saber se era possível que cobaias influenciassem outras com intenções negativas. Se fosse, como seria possível se proteger de tais intenções negativas?

"Ele conduziu mais experimentos, nos quais um grupo de pessoas ficava sem instruções específicas e outro era orientado a visualizar um escudo ou uma barreira protetora que os isolaria da interferência de mentes alheias. Os pesquisadores tentaram aumentar a leitura de atividade eletrodérmica das cobaias as encarando e desejando que as leituras aumentassem. O resultado foi que o grupo que havia se protegido apresentou efeitos físicos muito menores que os de sujeitos sem escudos."

— Mas me diz uma coisa: seu escudo o protegeria de tiros?

Don riu ao pegar o misto-quente com Ruben.

— Tiros não são nem de perto tão perigosos quanto emoções humanas — disse Phineas, abrindo um sorriso.

O doutor deu uma mordida em seu sanduíche.

Frank bufou e, com a boca cheia, disse:

— Isso é meio bobo. A raiva do meu vizinho não pode me perfurar, mas a espingarda de uma velhinha aleatória pode.

— Você está vendo as coisas com uma perspectiva de curto prazo — rebateu Phineas. — Você consegue ver o efeito de um tiro de uma espingarda, então acha isso mais marcante. Mas a emoção humana tem um impacto mais lento e sinistro. Emana de nós, ou é secretado por nós, se preferir, como suor ou lágrimas. Emite uma espécie de nuvem nociva, que se espalha ao redor. Faz um tempo que estudo o efeito dessas emoções. Estou chegando muito perto de uma descoberta.

Phineas abandonou os simulacros de amigos perto do food truck e voltou para a estrutura principal da ex-fábrica, sua área privativa. Queria que o trailer de comida também fosse, mas infelizmente Ruben não concordara com aquilo.

Quando Phineas trabalhava nos Laboratórios Mata Perene, o food truck de Ruben ficava estacionado do lado de fora do horrível edifício de concreto que abrigava os laboratórios. Quando Phineas se aposentara, pedira que Ruben mudasse seu estabelecimento para a fábrica que o pesquisador tinha convertido em laboratório porque amava a comida de Ruben. O homem tinha concordado, mas com a condição de que pudesse continuar aberto para o público geral — daí a presença de homens como Don e Frank. Phineas sabia que eles e outros o achavam meio biruta, mas ainda assim gostava da companhia de vez em quando.

Depois do almoço, Phineas escovou os dentes e se ajeitou para continuar elegante. Ter se aposentado não era desculpa para se tornar desleixado, então ele se vestia para ir trabalhar como sempre fizera e mantinha o cabelo grisalho cortado curto e o rosto redondo e rústico bem barbeado. Quando era criança, a mãe dizia a ele que a feiura não era justificativa para andar por aí maltrapilho. Também falava com frequência: "Quem precisa de beleza quando se tem um cérebro como o seu?"

Ele concordava, razão pela qual a obra de sua vida — não a pesquisa farmacêutica irrelevante que conduzia no trabalho regular, mas sim sua verdadeira vocação — era o estudo do paranormal, da energia e de seus efeitos na matéria, tanto animada quanto supostamente inanimada.

Satisfeito ao ver que estava apresentável, Phineas saiu do banheiro e avançou pelo corredor estreito que levava à Sala Protegida. Digitou a senha de segurança para desativar o selo pneumático que resguardava seus tesouros de energias errantes, como aquela emanada por esporos fúngicos e afins, e adentrou o cômodo branco cheio de prateleiras e armários de vidro. Curtindo a caminhada, como fazia todos os dias, caminhou pelos corredores. Observava os itens que havia acumulado com o tempo.

Phineas sabia que, para leigos, as coisas naquela sala pareciam lixo ou uma coleção de alguém obcecado por filmes de terror. Tudo dependia da perspectiva. Apenas Phineas sabia que todos os objetos naquele recinto eram considerados "assombrados".

Ele não apreciava o termo. Geralmente "assombrado" era uma palavra empregada para se referir a algo possuído por um fantasma, mas também continha um significado que Phineas sabia ser verdadeiro para todas as coisas: "assombrado" queria dizer que algo mostrava sinais de tormento ou de algum tipo de sofrimento mental. E aquela era a definição mais importante do termo. Os itens nas prateleiras de Phineas não estavam possuídos por fantasmas. Os verdadeiramente assombrados eram energizados por agonia.

O cavalete, o triturador de cabeça, a roda, o berço de Judas — aqueles aparelhos de tortura eram alguns dos melhores exemplos que Phineas havia coletado, mas também havia itens como uma torrada com a imagem de Nossa Senhora, bonecas não mecânicas que abriam os olhos sozinhas e uma cadeira de balanço que se mexia sozinha. Ele adquirira todos os objetos especiais em leilões pela internet. Amava todos eles.

Mas não podia passar o dia inteiro ali. Tinha trabalho a fazer.

Ele saiu da Sala Protegida e voltou a seu pequeno escritório, onde havia um notebook no centro de uma mesa simples de carvalho. Phineas digitou as descobertas mais recentes:

"Como esperado, emoções humanas extremas parecem impactar os arredores com um poder proporcional à sua negatividade. Estou convencido de que o sofrimento é a emoção que pode ser irradiada mais longe. O amor tem sua influência, mas os experimentos conduzidos com cristais de água são mal interpretados. Só porque o amor forma belos cristais de gelo não significa que esta é a emoção mais poderosa. Ontem, reproduzi a metodologia do cristal de gelo; ao permitir que toda a dor e a raiva que geralmente mantenho contidas se espalhassem, vi a água manifestar um cristal horrendo em questão de segundos."

Phineas se levantou e foi até a coleção de flores exóticas banhada por luzes de cultivo. Correu a ponta dos dedos pelas folhas em forma de garra de lagosta da helicônia amarela e laranja, pela flor satisfatoriamente simétrica da lótus lilás, pelos grupamentos vermelhos de um gengibre em floração e pelas passifloras de um vermelho tão intenso que o faziam pensar em estrelas-do-mar encharcadas de sangue.

Outros pesquisadores usavam água. Ele usava flores. Acreditava que flores, e não água, eram os vasilhames mais puros de emoções. Era atraído especialmente pelas passifloras, pois diziam que emitiam uma vibração tão pura e inocente que sua energia era capaz de atribuir novos padrões à consciência. Phineas se inclinou e inalou o cheiro doce e pungente da planta. Aquela, ele aprendera com um especialista em essência energética de plantas, era conhecida por reparar o ego. Podia literalmente restaurar o superego e facilitar a iluminação. Phineas acreditava que estava chegando o dia em que ele estaria tão afinado ao fluxo da própria energia que entraria em ressonância com aquela florescência extraordinária. Mas não ainda. Phineas conferiu o relógio. Havia chegado o momento.

Toda semana, Phineas recebia um carregamento novo de itens impregnados por emoções. Naquele lote, alguns objetos muito especiais chegariam. Ele avançava quase saltitando pelo corredor com chão de pedra que levava à doca de descarregamento nos fundos do antigo prédio de tijolinhos. Mal podia esperar para ver as novas aquisições.

— Fala, Phin — cumprimentou um homem robusto e careca, assim que o pesquisador subiu na plataforma de concreto.

— Oi, Flynn. — Phineas estava inquieto, esfregando as mãos. Inclinou-se para a frente para espiar o caminhão. — O que temos aqui?

Flynn se agachou e pegou uma caixa. Sorriu.

— O senhor está querendo brincar comigo... Já sabe o que pediu. Hoje é um dia especial, não é?

Phineas gargalhou.

Flynn se ergueu de novo e arregalou os cálidos olhos castanhos.

— Uau, doutor. Que risada de cientista malvado!

— Gostou? Ando praticando.

— Mandou bem.

Com a cabeça rosada brilhando ao sol e os músculos das costas se contraindo sob a camiseta preta, Flynn começou a descarregar as caixas no chão da doca.

Phineas nem se deu ao trabalho de explicar que nem sequer tinha uma risada normal. Uma das razões pelas quais era fascinado pela amplitude das emoções humanas era o fato de que ele próprio nunca parecia capaz de acessar toda a gama delas. Não tinha uma risada normal porque nunca sentira alegria de verdade. O que sentia naquele momento, porém, devia ser algo próximo. Flynn tirou do caminhão a quarta caixa do carregamento, conferiu a nota fiscal e disse:

— É isso, doutor. Vou só pegar um carrinho e já levo tudo para o seu laboratório.

— Obrigado, Flynn.

Phineas tomou o cuidado de não acrescentar um "Vá logo!", por mais que quisesse. Afinal, Flynn não estava enrolando. Phineas que era impaciente.

Flynn se aproximou com o carrinho, empilhou nele todas as caixas. O topo da última ultrapassava sua cabeça, mas ele disse "Deixa comigo" e saiu para o corredor, segurando as duas caixas de cima com a mão esquerda enquanto empurrava o carrinho com a direita. Phineas o seguiu, ansioso.

Depois de alguns segundos, chegaram ao laboratório principal — o centro abobadado da fábrica, onde antes funcionava a produção. O espaço, que um dia havia sido usado para a montagem automatizada de equipamentos, tinha se tornado o lugar onde Phineas media energia usando vários métodos. Assim como Braud, ele tinha o próprio equipamento de leitura de atividade eletrodérmica. Também era proprietário de uma máquina de eletroencefalografia, outra de ressonância magnética, outra de raios X e um gerador de eventos aleatórios. Usava tudo em experimentos para medir a energia emocional deixada em objetos encontrados próximos do local de tragédias.

— Bem aqui, Flynn.

Phineas apontou para duas mesas vazias, e o homem deixou as caixas no chão entre elas.

Cumprimentando Phineas com uma continência, falou:

— Se divirta.

— Eu vou.

Antes que Flynn tivesse se afastado, o pesquisador já estava abrindo a primeira caixa. Espiando dentro dela, viu uma pilha de pratinhos de festa.

— Maravilhoso — sussurrou ele.

Abriu a segunda caixa, que era baixa e oblonga, e se deparou com o próprio reflexo. Era um espelho decorativo que tinha presenciado um homem assassinar toda a família. *Ai, ai, quanto sofrimento será que isso contém?* Phineas passou a mão pela superfície brilhante.

Depois respirou fundo e abriu a grande caixa quadrada. Como suspeitava, continha outra menor dentro dela — era um daqueles brinquedos que consistiam num bloco que revelava um palhacinho numa mola. Maravilhoso. Devia estar impregnado de agonia.

E, por último, mas não menos importante... Sim, lá estava ele! Deitado num leito fofo de bolinhas de isopor jazia um endoesqueleto em tamanho real, apenas aguardando para ser ativado e receber um propósito.

Phineas ergueu a estrutura e franziu a testa quando o endoesqueleto pendeu molenga em seus braços. Não esperava que o objeto estivesse quebrado. Sem problemas. Naquele momento, não tinha uma aparência definida; era apenas uma rede de metal feita para servir de esqueleto humano. Mas logo seria mais.

— Não se preocupe. Vou dar um jeito em você — disse Phineas.

O pesquisador se pôs a trabalhar. Juntando fios e eletrodos dos vários dispositivos de medição de energia, formou o que definia como uma cascata de força. A máquina despejaria a energia já capturada de itens anteriores num novo item — no caso, os pratos — e depois o distribuiria pelos outros itens recém-adquiridos até culminar no endoesqueleto.

Phineas se afastou para observar o processo. Não que houvesse algo para ver: infelizmente, a transferência de energia emocional acontecia numa frequência que era impossível de detectar a olho nu. Se Phineas acendesse todas as luzes e usasse uma azul, vislumbraria um resquício do fluxo. Descobrira, no entanto, que luz azul tendia a distorcer o campo. Não podia correr o risco de acionar a iluminação naquele momento.

Então, atendendo ao roncar de seu estômago, Phineas decidiu voltar para o food truck para jantar mais cedo.

— Como sua filha está? — perguntou Phineas, enquanto Ruben fritava o cogumelo portobello para o hambúrguer vegetariano do pesquisador.

O sujeito deu de ombros, fazendo o rabo de cavalo do cabelo escuro se agitar de um lado para o outro.

— Continua tímida de morrer.

— Posso receitar um remédio para isso, se quiser. Um floral chamado *mimulus*.

Ruben se apoiou no balcão, franzindo a testa.

— O que é um *floral*? — perguntou, deixando claro que achava a ideia cômica.

Phineas ignorou o tom do homem.

— No começo do último século, um homeopata descobriu que a energia diluída de várias plantas e flores impactava emoções e o corpo físico dos usuários. O floral chamado *mimulus* transforma o medo em força.

— Quer dizer que uma flor pode fazer minha filha ser menos tímida.

Ruben balançou a cabeça e olhou para o teto, no que Phineas reconhecia como uma expressão de "Ah, sei, conta outra". Phineas ignorou o desprezo.

— Não exatamente. A *energia* de uma flor pode fazer com que sua filha seja mais confiante. Apenas uma molécula ou duas de determinada planta é suspendida numa solução de água e álcool para compor cada floral.

— Ai, porcaria. — Ruben viu que havia queimado o cogumelo. — Foi mal. — Começou de novo. — Então é nisso que o senhor está trabalhando? Energia... de flores?

— Não exatamente. — Phineas se aprumou e entrelaçou os dedos. — Estou convencido de que o sofrimento tem um raio de alcance e um poder energético maior do que qualquer outra emoção. Fiz inúmeros experimentos para medir, capturar, conter e estudar emoções remanescentes agregadas a objetos que estavam próximos quando alguma tragédia aconteceu. Meu trabalho é focado na hipótese de que é possível pegar algo saturado de sofrimento e qualquer tipo de inteligência, mesmo que seja artificial, e fazer com que ambas se combinem para transmutar energia emocional em energia física. Isso, acredito, explica o que as pessoas chamam de objetos "assombrados".

Ruben riu, chacoalhou a cabeça e conseguiu fritar apropriadamente o portobello de Phineas.

— Com todo o respeito, doutor, mas fico feliz de não acreditar na sua mágica. Esses seus florais parecem balela, mas o resto das coisas é pior ainda... é meio que rogar praga.

— Talvez seja — admitiu Phineas. — Mas também pode ser a chave para compreender a energia de todas as coisas.

Quando Phineas voltou ao laboratório, o endoesqueleto se acendia como uma árvore de Natal sempre que o pesquisador testava os níveis de energia. Estava pronto. Agora só precisava dar à estrutura um pouco mais de presença para que pudesse expressar com exatidão o sofrimento que havia sugado dos outros itens.

O pesquisador correu até a Sala Protegida. Sabia exatamente de que precisava, então só demorou alguns minutos para colocar os itens em caixas separadas e voltar ao laboratório. Lá, posicionou todas na mesa ao lado do endoesqueleto nu.

Correndo as mãos pelo esqueleto de metal, Phineas se maravilhou com a energia elétrica que dançava na ponta dos dedos.

— Primeiro, uma cabeça — sussurrou ele.

Vasculhando a primeira caixa que estava em cima da mesa, Phineas tirou uma boneca branca de um metro de altura coberta de desenhos feitos com canetinha. Era uma abominação de exagero decorativo. Tinha dedos das cores do arco-íris, joelhos verdes, manchas marrons no corpo e nas pernas e vários adesivinhos colados por todos os lados, inclusive um que parecia ser uma borracha com um sorrisinho feliz. Sem dar bola para o corpo do brinquedo, Phineas segurou o rosto desenhado com caneta preta e arrancou a cabeça do pescoço da boneca. Depois a afixou no topo do endoesqueleto.

— Melhor. Um pouco de personalidade para você. — Ele começou a fuçar a segunda caixa. — Agora, vamos para o coração.

O item era um cachorro animatrônico que obviamente não funcionava mais. Phineas endireitou a postura e se preparou para tocar nele. Era um bicho feio, tão feio quanto o próprio Phineas, com uma pelagem manchada de cinza e amarelo, a cabeça triangular e uma boca grande cheia de dentes afiados. Mas não era apenas feio; era, de certa forma, *errado*. De todos os itens na coleção, Phineas achava que o cão era o mais ameaçador. Sentia que aquilo tinha sido responsável por um sofrimento profundo. Nunca tinha se sentido inteiramente confortável na presença do cachorro, mas, depois que o desmontasse, ele deixaria de ser uma ameaça.

Usando tesouras afiadas, Phineas cortou a pelagem do animal. Depois usou pinças para arrancar fios e componentes eletrônicos. Em minutos, havia encontrado a bateria, localizada no peito, onde ficaria o coração caso fosse um cão de verdade. Erguendo a grande peça envolta por plástico cheia de fios conectados, Phineas analisou o endoesqueleto. Onde instalar o dispositivo? Ignorou os plugues da cabeça e encontrou uma entrada adequada no peitoral da estrutura.

Sorriu quando viu o resultado.

— Rá! Aqui. Agora meu Homem de Lata tem um coração.

Ele riu da própria piadinha.

Assim que recebeu o órgão, o objeto virou algo mais que um endoesqueleto. Virou um ser animatrônico de grande energia. Que se movia.

Phineas riu, riu de verdade, em puro deleite.

A criatura extremamente energizada reagiu à gargalhada de Phineas se virando e olhando para o pesquisador com seus olhos de canetinha preta. O homem continuou rindo, e a criatura estendeu a mão para tocar seu criador.

Phineas prendeu o fôlego quando os dedos de metal encostaram em sua pele.

Depois, num instante atribulado, três coisas aconteceram simultaneamente: Phineas viu a bateria piscar em vermelho, sentiu um perigo súbito e tentou erguer um escudo mental. Então começou a convulsionar, segurando a própria cabeça na tentativa de deter a dor excruciante que aniquilou sua consciência.

Phineas era o dono da construção onde Ruben tinha seu estabelecimento, mas o cozinheiro achava que o espaço cavernoso onde ficava o trailer e as mesas de piquenique era seu. O restante das instalações formava o espaço de Phineas, e Ruben nunca o invadira. Não era uma questão de ter sido proibido de fazer algo assim. Simplesmente parecia falta de educação vagar pelos domínios do pesquisador.

Naquela tarde, porém, Ruben precisava se aventurar no âmago do velho prédio de alvenaria. Estava preocupado com Phineas.

Nos dois anos do acordo entre ambos, o pesquisador jamais pulara uma refeição no food truck de Ruben. Mas, naquele dia, não havia aparecido no café da manhã nem no almoço. Havia alguma coisa errada.

Então Ruben foi para onde nunca fora antes, e em minutos descobriu qual era o problema.

Phineas estava morto.

Não apenas morto, como reduzido a uma múmia, com a boca escancarada e sem os olhos.

Assim que encontrou o corpo, Ruben voltou imediatamente para o trailer. Chamou a polícia, que foi até lá, investigou e anunciou que suspeitavam que o pesquisador havia morrido por causa de algum tipo de descarga elétrica.

Ruben não tinha tanta certeza. Passou o dia tentando não se lembrar de Phineas. Não queria pensar na cena nem no estranho laboratório, com suas flores exóticas e murchas. O que mais queria esquecer eram os rastros pretos de lágrimas que manchavam o rosto do cientista falecido.

No meio dos bens de Phineas no caminhão de Flynn, o ser energizado jazia debaixo de uma lona pesada que cheirava a aguarrás. Com as extremidades de metal vibrando com o rugido do motor do caminhão, a criatura se sentou. Virou-se para analisar os arredores até seu olhar recair sobre um amontoado de roupas.

Agarrou um manto da pilha e o vestiu.

1ª edição	JUNHO DE 2024
reimpressão	OUTUBRO DE 2024
impressão	LIS GRÁFICA
papel de miolo	PÓLEN BOLD 70 G/M^2
papel de capa	CARTÃO SUPREMO ALTA ALVURA 250 G/M^2
tipografia	BEMBO STD